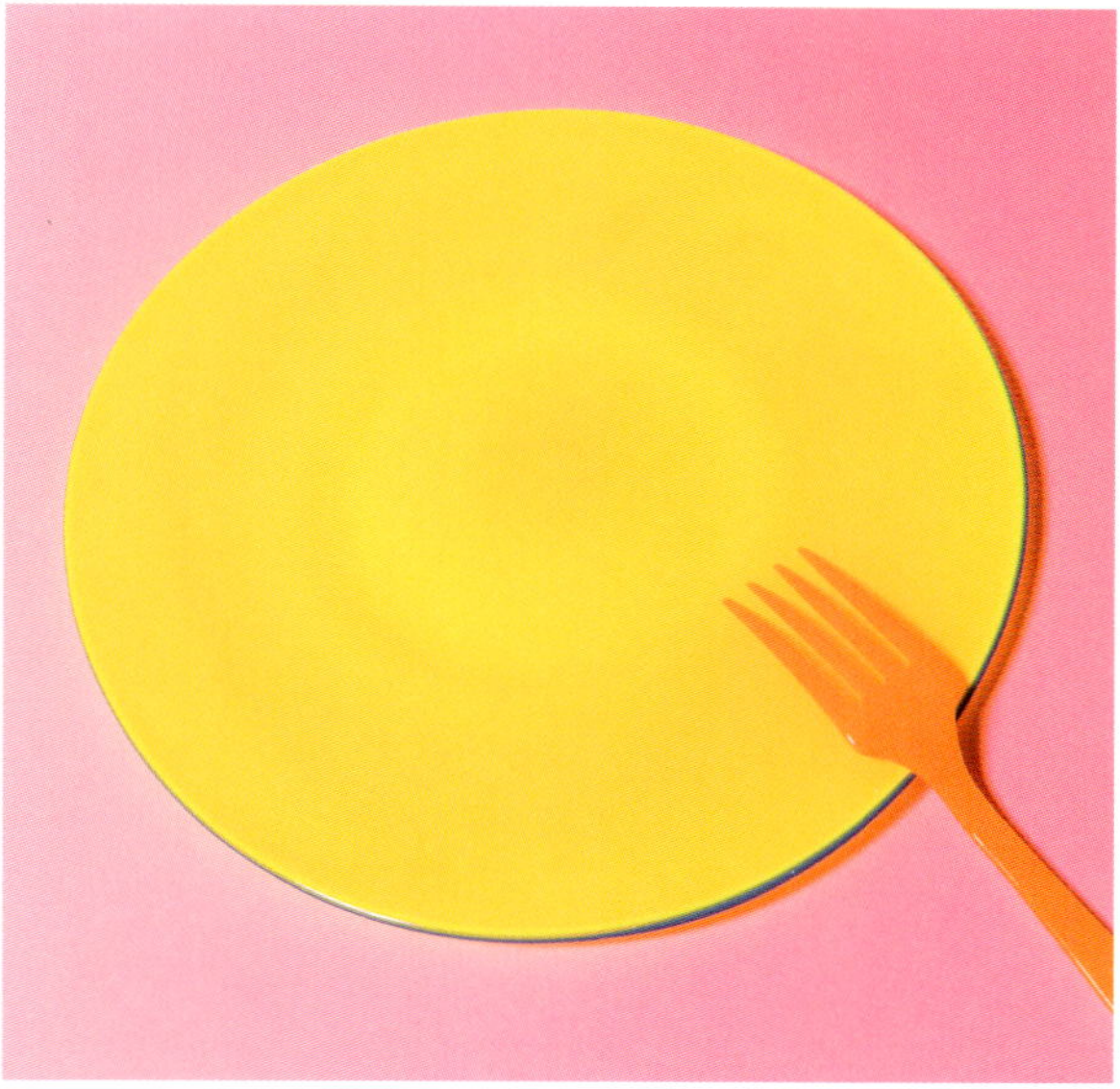

姫野カオルコ

# 何が「いただく」ぢゃ!

プレジデント社

# 目次

写真　磯部昭子
調理　田中優子
イラストレーション　小山萌江
デザイン　中村圭介、樋口万里、野澤香枝（ナカムラグラフ）

# ふきのとう

おかっぱの美少女をカメラがとらえる。

顔がアップになる。

カメラはさらに寄り、驚きに見開いた瞳をとらえる。

と、次にはサッと引いて、膝をとらえ、膝からふとももへと上ってゆく。ツツーと一条の血がふとももを伝うのを映し、やがて画面いっぱいに、赤い花が咲く。

少女が大人の女になったシーンの、こんなふうな象徴的映像を、これまで何度か見た。

「えー？　そーかなー？」

少女だった昔も、老女の今も、間延びした感想が出るのだが（私の場合は）、みなさんはい

かがであろうか。

大人になったと、芯から実感するのは（私の場合は）こんなときだ。

慈姑《くわい》と、ふきのとうを食べたときに、

「ああ、うまい！」

と、しぼりだすような歓喜の声を出してしまった時。

次点で、筍《たけのこ》の木の芽和えだ。

私が子供だったときというのは、時代的・全国的に父権強大であった。父権強大の時代、食卓に出る料理は、現代のように子供中心ではなく、父親中心だった。とくにわが家は、父親が好きなものだけが出た。

毎晩、酒をきこしめされる父上のために、慈姑やふきのとうや筍の木の芽和えというものは出た。酒を飲まない婦人や子供には、およそうまくはない。ごはんにぴったり、という味ではない。

なかでもふきのとうは、ふかしたり茹《ゆ》でたりしただけでは、ただ苦い。あれは蕗《ふき》の、花茎なのだそうだ。

ふかしたふきのとうを、マカロンかポテトチップスのようにむしゃむしゃ食べてやめられず、お母さんから「これッ、いいかげんにしなさいッ」と叱られている子供を、私は見たことがない。

自分に子がなく、子のいる親戚との交流もほとんどないため、子供がものを食べるところにいる機会がないからか？　機会が多い人なら、ふきのとうが大好物だという子供をけっこう見かけるのだろうか？　そういう子供なら、「大人っぽい」という形容詞をかぶせてもよい。

地方自治体は「ふきのとう条例」を出すとよいのではないか。

毎年、幼稚に騒ぐ者がいて問題になる成人式の会場の受付で、ふきのとうの料理を出して、一気食いではなく、おいしく味わって食べられた者だけを、中に入れることにするとよい。「大人になりましたね、おめでとう」と。

大人の幸せを感じさせてくれるふきのとう。全国の大人のみなさんはどうやって召し上がっておられるだろう。

やはり天麩羅《てんぷら》か。

たしかにふきのとうの天麩羅は、春の贅沢ではある。

だが、豪邸の広い台所ではなく、狭い集合住宅の、さらに狭い台所で天麩羅をするとなると火事が怖い。食事後にも残りつづける油の臭いの処理にも困る。何より、大人になると胃もたれしやすく、天麩羅だとたくさん食べられない。

では味噌和えは？　もちろん悪くないが、口中での食感と香りが、いまいち華やかさに欠ける。ちょっとならアクセントになってよい。

私はふきのとうを四個くらい食べたい。何かいい方法はないか……と、考えていて、食い意地でひらめいた方法がある。名付けて「ふきのとうのヒメノ式」。

これの作り方を以下に述べるので、飲食店の方々がもし、このレシピを採用なさるさいには、お代金などめっそうもございませんので、メニューにぜひ「ふきのとうのヒメノ式」と記載してください。

用意するものは、ビール、ふきのとう、挽き肉。「ふきのとうのヒメノ式」は、ビールと合わせることが前提。ビールの好みは各人におまかせする。

ちなみに私の好みはハイネケンとサッポロ黒ラベル。よく冷やしたハイネケンかサッポロ黒ラベルを、ぶあついジョッキではなく、極力薄い、小さなグラスを冷蔵庫で冷やしておいたものに注いで飲むのがよい。銅製や陶製はアワが見えない……。ビールは、上から見ても横から見ても、アワが見えているところを飲むからうれしい。

では、「春の宵に大人二、三人でビールを飲みながら食べる、ふきのとうのヒメノ式」の作り方。

①ふきのとう

よくスーパーマーケットで売っている1パック。だいたい6個くらい入っている。これを洗って、ヘタの先を薄く切り落として、ザルに移して水気をよく切る。
②豚の赤身の挽き肉
200ｇくらい。赤身90％のもの（なければ80％でも可）。挽き肉をごま油で炒める。てんさい糖・岩塩・醤油・みりんor料理酒で、各人の好みのあまからに味付けする。
③ふきのとうを蒸す
❶のふきのとうの、外側を少し剥《む》く。開花しかけの薔薇のつぼみのような形状になる。これらを2、3分蒸す（2、3分と書いたが、自分で使い勝手のよい蒸し器で、適当にしてください）。
④蒸し上がったふきのとうを、ナイフとフォークor包丁と金属箸など、各自がやりやすい方法で、タテに細長く切る（十文字に2回切ると8片になるよね。それくらいの、ようは、口に入れやすいサイズになればよい）。そして皿にのせておく。
⑤❹に❷を全体的にふりかける。ふきのとうと挽き肉がいっしょに口に入るよう、スプーンで掬《すく》って食べる。

天麩羅より簡単で、天麩羅よりぐっとローカロリーな「ふきのとうのヒメノ式」は、ビールのためにあるような料理。相性バツグン。暮れなずむ四月、新年度が始まるころ、夕食にはまだちょっと早い四時半ごろから飲み始めると、

「ああ、こうしてこの年までぶじに生きて、ビールを飲めるとは。ああ、もう中間試験も期末試験も受けなくてよい」

大人になるってなんと幸せだろうと、つくづく思っていただけるはず。

しかも、この組み合わせ、ビールを飲むのでゲップも出るのであるが、その息がまたふきのとうの香り（＝早春の香り）がして、たのしめる。

# 生八ツ橋とロドルフ殿下

大きな箱に入った菓子（いわゆる菓子折り）を贈るのは迷惑になる場合が多い。
私はそう思っている。
❶甘いものが嫌いな人は意外に多い（男女問わず）。
❷病気療養中で甘いものは食べるなと医者から言われている人もいる。
❸一人暮らしや二人暮らしだと、大きな箱入りでたくさんの量をもらってももて余す。
❹贈っても、相手はすぐにどこかへ、公共の電車やバスや飛行機で、移動せねばならないこともある。荷物を持っているのに、さらに大きな荷物が増える。
おもにこの四点が理由だ。

ところが「手土産」というと「箱に入った菓子」、いわゆる菓子折りということになっている。「なっている」というのは難儀なものである。

贈る側だって、

「菓子より、ティッシュ五箱セットやサランラップ三本セットのほうが実用的で、もらうほうだってうれしいはずだ」

と思いつつ、

「いやいや、そんなことを思うのは自分だけだ。世間ではこういうときには菓子折りと決まっているのだから。そういうものなのだから。相手の好みを考えるより、そういうものだと決まっているものを贈るようにしなくてはならないんだから。それが世間なのだから。そういうものなのだから」

と、必死に、必死に、額の汗をぬぐって必死に、はじめの考えを打ち消して、涙をのんで、許してくれと心中で詫びながら、我慢してガマンして堪えて耐えて、菓子折りを買って、震える手で渡している人も多いはずだ。

ああ、菓子折りは、なんと難儀な存在だろう。

本当に難儀だ。

私も、菓子折りをいただく側になったときには受け取り拒否はしない。「嫌いなんです」

などと言えない。言えるか？　手土産を用意してくださった、そのお気持ちをありがたく受け取る。あとで、知人（ご近所の方とか、ジムでよく会う方とか、なにかでお世話になった方とか）に、おすそわけする。おすそわけという行動で、ちょっとした知人とちょっとした接触の時間が持てる。

ということは、菓子にかぎらず、食品を人にギフトする場合は、あるていど日持ちのするものにすれば、難儀さはかなり軽減する。

＊

郷里の滋賀県に行くさいは京都駅を利用する。

京都といえば八ツ橋。甘いものが好きな知人（甘いものが好きかどうか、調査済みの知人）のための土産用に、生八ツ橋をよく買う。

自分自身は、餡子《あんこ》が入っていない生八ツ橋のほうが即答即決断然好きだが、甘党の知人たちは餡子入りを好むので、餡子入りの生八ツ橋を買う。

五個入りくらいの、小箱を買う。日持ちの問題もあるから、廉価な少量のほうが受け取る側も便利だろうと思うからである。

味はニッキ味を買う。八ツ橋というものは、生でも焼きでも、ニッキ味だから八ツ橋なのであって、ニッキ味でなかったら、それは八ツ橋ではない。いちご味だのチョコレート味だのは、第三の八ツ橋、とでもネーミングすべきではないのか。……と（私は）思うものの、これがまた、ニッキ味がニガテな人というのもいて、まこと贈り物というのは、難儀だ……。

買った小箱を渡すつもりでいた相手に、なかなか会えないことがある。賞味期限が迫ってくる。と、一箱くらいは自分で食べることになる。

餡子入り生八ツ橋には何を合わせるか？

ふとロドルフ殿下を思い出した。

ロドルフ殿下というベルギー人が、かつて、日本のお茶の間にしじゅう登場したのである。ネスカフェにプレジデントというシリーズのインスタントコーヒーがあり、そのCMに出ていたのだ。なんでもベルギー王家の血を引く方らしかった。

「ロドルフ殿下は、すべてに最高のものを求める」

というナレーションが入り、ロドルフ殿下が金《ゴールド》を多用したデザインカップでコーヒーを飲む。

TVでのCM放映期間は、1977年〜1980年の、どこかの一時期だったように思う。もううろおぼえだ。当時、殿下は何歳くらいだったのか。日本人には白人は実年齢より一回りくらい年をとって見えるからよくわからない。若い読者は、このCMを当然知らないだろうから、「ヨーロッパ」「王家」「殿下」と聞いて、タカラヅカの『エリザベート』調の服を思い浮かべるかもしれないが、ロドルフ殿下は現代的なスーツ姿だった。すらりと眉目秀麗《びもくしゅうれい》に書斎でコーヒーをお飲みになって……いたような……。

ネスカフェのインスタントコーヒーのCMといえば、なんといっても遠藤周作と北杜夫が有名である。♪ダバダ〜♪なCMにより、この二作家の作品を、あこがれの心理で読む若者が、当時は急増した。

しかしロドルフ殿下は、どういうわけかギャグネタにされることが多かった。当時、若者の購買率がダントツだった雑誌『ぴあ』の「はみだし」（注・読者のおもしろ投稿欄）にも、

〈「すべてに最高のものを求める」と言いながら、インスタントコーヒーをうまそうに飲むロドルフ殿下が、ぼくは信用できない〉

というのがあった。

そんなロドルフ殿下が、懐かしくてならない。

「最高のものを求める」というのは、「他人がどうあろうと、自分はこれが好きだ」ということではないか？　『ぴあ』の「はみだし」を読んで笑った大学生のころとはちがい、年齢を重ねた今、しずしずと思ったりする。

フリーズドライ方式のインスタントコーヒーには、独特の脂っこさがある。ヒツこさが

ある。このヒつこい喉越しが、爛《ただ》れた貴族文化（どんなの？）になじんだロドルフ殿下にはフィットしたのかもしれないではないか？

本物のカニより、フェイクカニ（注・カニかま）のほうがカニ臭がないし、殻を剥かなくてもよいから本物より好きだという人もいるだろう。蒸すように深々と淹《い》れた玉露より、ペットボトルのお茶のほうが、さらさらしていてグビグビ飲めるから好きだという人もいるだろう。

私なども胃弱なので、映画『バグダッド・カフェ』で太ったヒロインの水筒に入っていたであろうヨーロッパ式の濃厚なコーヒーより、それに顔をしかめたピアノの上手な青年が飲んでいたようなアメリカ式の薄いコーヒーのほうがありがたい。

なもので、自分の家では、浅煎りのキリマンジャロを、お湯多めにドリップして飲む。コーヒーはブラック。ブラックに、ほんのすこしお供《とも》をつけるのがよい。明治『チョコベビー』を五粒とか、カカオ65～70％の記念切手くらいの大きさのチョコレートをさらに半分に割ってとか。

生八ツ橋に合わせるなら、宇治茶よりだんぜんコーヒーだ。コーヒー＋和菓子。日本茶＋洋菓子。この組み合わせのほうが、それぞれを活かし合う。……と私は思うが、嗜好には個人差があるから、勧めない。ただ紹介だけする。

❶生八ツ橋ニッキ味
❷お湯多めで漉《こ》した浅煎りキリマンジャロ。
❸そしてもうひとつ用意するものは、紅玉りんご。
紅玉は残念なことに年中出回らない。入手できない季節はジョナゴールドで代用。食べやすいサイズに切る。

コーヒー・生八ツ橋・紅玉りんご。この三アイテムを交互に飲食する。合うのである。さわやかなのである。ただしインスタントコーヒーは合わない。既述のとおり、独特の脂っこさが、さわやかさを台無しにする。

最近のロドルフ殿下にお会いになる機会のある方が、もし読者の中にいらしたら、生八ツ橋とりんごは手土産になさらぬように。

# 何が「いただく」ぢゃ！

とある月刊誌。

カラーグラビアページ。

蕎麦。

長野県の某店の蕎麦。

目の前にせいろが置かれているかのごとく、麺の一本一本がキリキリッと撮られた、すばらしい写真。この写真だけで、鼻腔に蕎麦粉の香りがひろがり、食欲に刺激されたつばが口の中を湿らせる。素人のインスタではこうはいかない。さすがはプロの写真だ。

「おいしそう」

ページに顔を寄せる。すると。

〈蕎麦つゆはない。おろし大根に味噌を溶きながらいただく〉

とキャプションがついている。

冷や水を浴びせられるとはこのことだ。バン（ページを叩いた音）。

「何が『いただく』ぢゃ！」

「いただく」というのは謙譲語である。相手を敬い、自分がへりくだる語である。このページは、この月刊誌が、こんなおいしい蕎麦の店があるんですよと、読者に、紹介しているページである。ならば、

〈蕎麦つゆはない。おろし大根に味噌を溶いて食べる〉

とすればよいではないか。ニュートラルな日本文にすべきではないか。雑誌の写真に付いたキャプションなのだから。

もし、この月刊誌のスタッフが、個人的に、舅姑《きゅうこ》だとか恩師だとかに、この蕎麦店での食事について、

「長野県を訪れたさいに入りました××屋というお店のお蕎麦は、まことにおいしゅうございました。蕎麦つゆではなく、おろし大根に味噌を溶かし、それをつけていただきました」

と語るのなら、「いただく」も、謙譲語として機能している。

しかし、この月刊誌が紹介する蕎麦店の情報を、この月刊誌にとってはお客様である読者に向けて、〈味噌を溶きながらいただく〉と書いては、自分が紹介した店に対して、読者に謙譲させていることになる。

実は私は、この月刊誌にエッセイを連載していた。ある回で、「いただく」がみだりに使用され、誤用されている昨今を嘆いた。原稿を受け取った担当編集者からも大いなる同意を得て、エッセイはぶじ掲載された。

その翌号である。〈味噌を溶きながらいただく〉のキャプションが巻頭グラビアの写真についていたのは……（涙）。

この月刊誌だけではない。あの週刊誌も、そのフリーペーパーも、かのパンフレットも。食べ物・料理の写真のそばには、必ずといっていいほど「いただく」がある。気持ち悪い。「いただく」ということばが気持ち悪いのではない。食べ物のあるありがたさ。食べられるありがたさ。「いただきます」という食前のごあいさつは、こうした感謝の念だ。私が気持ち悪いというのは、「いただく」ではなく、その「使われ方」である。

先日入った某喫茶店のメニューには、

〈当店名物の、小倉餡でいただくトーストです〉

と説明が付いていた。どうしても「いただく」を使いたいのなら、

〈当店名物の、小倉餡で召し上がっていただくトーストです〉

とすべきところ、「召し上がって」が抜けているのである。これが抜けているため、店側が、お客様に対して、へりくだらせる結果となっている。

こんな例もある。あるオンラインマガジンの、飲食店を採点するサイトの投稿文。

〈久しぶりに鰻がいただきたくなり、ランチタイムになるかならないかの時刻に○○屋へダッシュ……〉

と書き出してある。

「いただきたくなり」である。「いただきたくなり」……。この言い回しに気持ち悪くならない人は、以下に何を書いても「???」だろうが、この投稿者は、○○屋の鰻丼が全部食べられなかったそうで、

〈残念なことに、途中でいただけなくなり、残してしまった〉

と書いている。「いただきたくなり」で「いただけなくなり」って……。

たとえば上司に鰻をおごってもらったとする。そうした状況で、

「上司のごちそうで、○○屋で鰻をいただいた。鰻は久しぶりだったのとてもうれしかったにもかかわらず、この日にかぎって朝食にボリュームのあるものを食べていて、しかも

○○屋の鰻丼は量が多かったものだから、全部食べられなくなり、すこし残すことになってしまった」
などというふうに、「いただく」は使うのであって、自分で○○屋に行ったことを「久しぶりにいただきたくなり」とか、自分で残したことを「途中でいただけなくなり」とか、謙遜の敬語としてまるで機能していない。

TVの飲食店紹介番組では、「いただく」の、すごい誤用例に遇《あ》った。

司会者「六本木の××通りにある○○屋では、なんと六○○円でケーキが二ついただけるレディースデーがあるんですよ」
○○屋の外観が画面に映る。
司会者「局のそばの店だけど、△△ちゃんはこの店でケーキをいただいたことあるの？」
アシスタント△△「まだ、ないんですよう」
司会者&アシスタント△△「ぜひ、みなさんも、○○屋でケーキを存分にいただいてくださいね」
うへえ。「いただいたことあるの？」「みなさんも、いただいてくださいね」とは！
「〝いただく〟妄信ここに極まれりだ」である。ちなみにこの言い回しは『美味しんぼ』の海原雄山の「霜降り信仰ここに極まれりだ」というセリフから拝借。

いったい何ごとなのだ?!　「食べる」は差別用語にでも指定されたのか?!
ことばづかいというものは難しい。日本人でありながら、日本語を誤用・誤解することがある。よくある。だれにでもある。私もヘマをしでかす。よくしでかす。そのつど穴に隠れていたいほど恥ずかしい。
だから、だれかが「海水浴場に残されたままのペットボトルはすべからく学生グループが集めた」と「すべからく」を誤用していても腹は立たない。だれかが「気の置けない人ばかりなので貴重品は身につけておこう」と「気の置けない」を誤用しても気持ち悪くない。ハッ、自分もまちがえていないかしらという注意喚起として、むしろありがたくさえある。

すべからく＝下に「べし」をともなって、「～するのが当然」という意味となる。右記ではおそらく「飲み終わった飲料のペットボトルは各自が指定の場所に捨てるべきところなのに、ほったらかしにしている人が多くて、学生グループがボランティアで拾ってくれ、指定の場所に持っていってくれた」と言いたかったのだろうが、「飲み終わった飲料のペットボトルは学生グループが指定の場所に捨ててくれるのが当然だ」という言い分に近くなってしまっている。

気の置けない＝「フランクな。しゃっちょこばっていなくてすむ」という意味なのだが、「油断のならない人」だと誤って覚えたらしく、右記のように使うと「親しい人ばかりだから、貴重品には気をつけろ」と言っていることになる。

にもかかわらず。こと「いただく」にかぎって、気持ち悪さを感じる。それは、「いただく」の文法的誤用というより、「〝食べる〟を、〝いただく〟にしたら即上品モードになる」という鵜呑みがただよっているからではないかと思う。
ことばの吟味を何もせず、「ケンジョウとかヘリクダリとかどーでもいいから。〝食べる〟は〝いただく〟にしたらいーのね。ハイハーイ」というような、一見、明るくておおらか、だが、その実は、傲岸《ごうがん》な了見を嗅ぎつける……それもチロッと、へんなふうに洩れたものを嗅がされるからではないかと思う。また、「いただく」には「(こっそり)盗む」「くすねる」といった意味もあるので、よけいに気持ちが悪い。

# アジのヒメノ式――上戸と下戸のあいだに流れる深い川

## 「女性に人気！」は不適切表示

はじめて入った店。てきとうに入った店。注文するときのコツは？
「女性に人気！」と書かれているメニューを避ける。
「女性の方に人気がありますね」と店の人が言ってくるメニューを避ける。
するとハズレをひかない（ことが多い）。
飲食店における「女性」は、性別ではないからだ。
・酒がまったく飲めない

・酒がそんなに飲めない
・酒に弱い

こういうふうな体質のことを、飲食店（とくに居酒屋）では、どうしたわけか「女性」と表現する（ことがよくある）のである。

困るよね。こういうふうな体質のことは、古くより「下戸（げこ）」と日本人は呼んできたはず。反対の酒飲み体質のことは「上戸（じょうご）」と。

ここに上戸がいたとする。性別は女性だったとする。店に入ったとする。メニューに〈女性に人気！　めかじきのソテー〉とあったとする。「女性」を性別のことだと素直に受け取り、注文したとする。すると結果は？　大ハズレな確率が高い。生クリームたっぷりの甘ったるいソースのかかった魚が出てきたりするのだ。「なんだこれは。めかじきのアイスクリームがけなのか？」と驚いても、時すでに遅し。酒をまずくする肴を口に運ばねばならぬはめに。

飲食店（とくに居酒屋）で、〈女性に人気！〉とメニューに書いてあったら、〈下戸に人気！〉と変換するとよい。「女性の方に人気ありますね」と店員さんが言ったら、「お酒がそんなに飲めない方に人気ありますね」と変換するとよい。……っていうか、はじめから、ちゃんとそう書いたり、言ったりしてくれよ。

〈酒をそんなにお召し上がりにならない方に人気、めかじきのソテー〉とメニューにあったら、上戸（酒飲み）は、「じゃあ、これ」と注文しないし、「じゃあ、これ」と注文する人は、クリーミーなソースのかかった魚が出てきても、「ふむふむ」と納得する。種族としての日本人には、酒がそんなに飲めない男性もたくさんいる。欧米人より下戸の数は多いのである。

下戸の男性は、「ゴーヤのポン酢がけ」とか「谷中ショウガの味噌添え」とかより、「ごま付き大学芋」を注文したいだろうに、〈女性に人気！　大学芋〉などと表示してあったら注文しづらいではないか？

酒が飲める飲めないは、体内酵素などによる体質なのだから、意志や根性、それに性別でどうこうできるものではない。

## 味の好みが根本的にちがう

ある人気漫画。レシピ紹介をメインにした漫画。知人におもしろいからと勧められて読んだ。漫画作品としては文句はない。ところがどの回も、作ってみたくはならない。

「この漫画家さんは、酒を飲まれないのではないか？」

と思った。版元の編集者を通じて、その漫画家の担当編集者に訊いてもらったところ、

「えっ、よくわかりましたね。全然飲めなくはないけど、缶ビール一本くらいです」

との答え。

下戸（缶ビール一本くらいが限度な人も下戸とする）は、あたりまえだが、酒に関心がない。食事のさいには、酒のことは頭にない。

いっぽう上戸は、酒に関心が大いにある。上戸は食事のさいには、酒のことがまっさきに頭にある。

・酒と合わせておいしい料理

・酒を飲まずに食べておいしい料理

この二つはちがう（ことが多い）。

食べることへの情熱は同じでも、上戸と下戸では、味の好みが根本的に違う。オリジナルメニューを考案するにしても発想が根本から違う。

上戸は酒といっしょに食べておいしいように、まず考える。下戸は、ごはんと食べておいしいように、まず考える。

イタリアンでもフレンチでも昔なつかし洋食屋さんでもお鮨屋さんでも、パスタをフォ

ークに一巻き二巻き、お肉を一切れ二切れ、シチューをスプーンに二口三口、にぎりを一カン二カン、食べてみれば、「あっ、ここのシェフ（板さん）は下戸だな」と、たちどころにわかる。おいしい・まずいの差ではなく。

上戸と下戸のあいだには深い川が流れている。

典型的なのが、「アジのヒメノ式」だ。

アジの代表的料理だ。

「だ、って言い切っているけど、どういうの？」と首を傾げるのは当然だ。自己申告のネーミングだからだ。ミツカンやキッコーマンにレシピを送って「アジにかけるヒメノ式ドレッシング」とか「アジ用ヒメノ式たれ」などといった商品名で販売しませんかねという企画を投書しようかと思ったが、長期保存ができないので断念した。

この食べ方を思いついてからは、この食べ方でないとアジの刺身を食べるのはイヤだ。だから、鮨屋や和食店では、アジの刺身は注文しないことにしている。

この本を買ってくださった読者の皆様には感謝をこめて、秘密のレシピを明かします。カンタンです。

上戸のレシピはカンタンでないとならない。「飲みたい」と思ったときに「ハイッ」と快速で肴が出てこないとイヤなのが上戸だ。

では「アジのヒメノ式」を作るのに用意するもの。

・新鮮なアジの刺身
・うすくち醬油
・すだち
・シソ油（＝n3系オイル。摂取したほうが体にいいがなかなか摂取できない、脂肪酸を多く含むn3系オイルのうち、アマニ油よりシソ油のほうが香り的に上戸向き）

次に作り方（二人分）。

①すだちを半分に切る。
②各自の小皿で、半分のすだちを、おろしがねでおろす。ここで大注意！　いいいいいしぼらないで下さい！　しぼらず、皮のほうをすりおろす。
一人につき、すだち半個分。果肉は、ちょっとくらいまじってOK。残った果肉は別の容器にいったんとっておく。
③シソ油を小匙1／3くらい（厳密でなくてよい。ようするにほんのちょっと）❷にたらす。うすくち醬油も小匙1くらいたらす。こいくち醬油は不可。ぜったい、うすくち醬油で。
できあがり。

このソース（たれ？）を、アジの刺身につけるというか、ちょいのせするというか、和えるというか、まあ、てきとうにして食べる。

かれこれ十五年ほど前にこのやり方を思いついて以来ずっと、アジの刺身はこれで食べている。

カンカン照り。夏の暑い日。そろそろ夕方。キンキンに冷えたビールをプシュッと開けて、この「アジのヒメノ式」で飲む。

「あーッ」

「クーッ」

一人で部屋で唸る。ビールにぴったりだ。熱愛で結ばれたビールとアジってくらい、抜群のマリアージュだ。

そうそう。❷の段階で、果肉がちょっと残っているね。これは食後にデミタスカップに入れて、お湯をそそいで、ちょっとスプーンでつぶしてすだち湯にして飲む。口の中がスッキリする。

「じつに大発明だ」

と自画自賛してきたこの十五年だった。

それがあるとき……。スーパーで知人に会った。夏だった。「今日の夕飯をどうしようかしら」というようなことを言われたので、「アジのヒメノ式」を勧めた。立ち話でパパ

ッと言ったのがよくなかったせいもあろうが、あとからメールが来て、

「あの日、アジの刺身はよさそうなのがあったのですが、すだちが売っていなかったので、家にあったポッカレモンをかけて食べました。酸味がアジと合ってよかったです」

とある。

「ポッカレモン……」

すだちと聞いて、相手は「しぼる」としか発想なさらなかったのだと思う。「おろしがねでおろす」と言ったつもりだが、そこはスーパーでの立ち話だから、ざわざわしているし、私の声は中森明菜より小さいし、よく聞こえなかったのだろう。すだちをしぼる＝酸味を加える、と思われたのだろう。だから、すだちがないなら、ポッカレモンで代用と。

「アジのヒメノ式」は、アジに酸味を加えるのではない。アジににがみを加えるのだ。おろしがねで皮をおろすさいに果肉もちょっとまじってしまうから酸味も加わるとはいえ、にがみのある「皮が主役」のソースなのである。酸味は後方にいて、前方ににがみがいる、「にがすっぱい」ソースだ。

「……」

長い呼気の後、ポンと手を打った。

「そうか」

　そうか。そうか。そうだった。この方のお宅では、どなたも酒を飲まれないのだった。下戸にとって、刺身ににがみを加えるという発想はゼロなんだと思う。むしろにがみのあるものは、どちらかというとまずいと感じる人が、下戸には多いのではないか。

となると、立ち話でなく、正確に「アジのヒメノ式」を伝えたとしても、その方のお宅では「なによこれ、おいしくない」と感じられた可能性のほうが高い。ポッカレモンで酸味を加えたアジもなかなかごはんに合うと、下戸ご一家がおいしく夕食を終えてくださったのなら、それはそれでよかった。

　上戸と下戸では、根本的に味の好みが異なる。

飲食店のメニューの「女性に人気！」は即やめて、「下戸に人気！」と正確にしてください。

**《「ちょっとは飲みたいワ」を叶える方法》**

　先日、あるご夫妻と遊歩道で立ち話ならぬベンチですわり話をしていて、歳暮の品の話題からふと、

「赤ワインを飲んでから白ワインを飲むと、すごくまずくなりますものね」

と言ったところ、

「えーっ！　そうなんですか、知らなかった」

と、ご夫妻そろってびっくりされた。

白の次に赤という順番は、上戸は知っていることでも、下戸の人には初耳だったようだ。

とくに下戸同士の夫婦は、その両親も下戸である場合がよくある。すると、会社の忘年会、ママ友会など、夫婦が別々に参加するときもソフトドリンク、互いの両親を交えた身内で集まるときもソフトドリンクだったりする。飲んだとしても、ほとんどジュースのような薄いお酒なので、順番でワインの味が変わってしまうということを知る機会がないままだったとしてもおかしなことではない。

「でもね、まったく飲めないわけではないのよ。夫婦だけでとか、ホントに身内だけで外食するときに、ちょっとだけ飲みたいの」

「ちょっと、とはどれくらいですか？」

「グラス一杯くらい。それでこないだ、イタリアンのコースをみんなで食べることになって、グラス一杯ずつ、スパークリングワインを頼んだんだけど、あまりに高くてびっくりしました。スパークリングワインって高いのね」

「そのとき、何人でした？」

「夫婦と、お互いの両親の六人」

「なら、メニューから手頃な値段のスパークリングをボトル一本頼んだほうが安かったのに。ボトル一本なら、六人でグラスに一杯ずつですよ」

「エーッ、そうなの？　『ボトル』なんていうと、ものすごくたくさんあると思ってて……。ボトル一本なんてとても無理ってみんな思ってしまって」

「グラス一杯くらい飲みたいというのなら、四人以上いたらボトルを頼んだほうがいいですよ」

「そうだったのかー。でも、ぼくたち、その頼んだスパークリングを飲んだら、食事が始まる前にクラクラしてきて」

「食事の前に飲むからですよ。お酒弱いのなら、コースを注文して、ノンアルコールのソフトドリンクとか、ガス入りのミネラルウォーターとかを頼んで、前菜とパスタの途中くらいまで、それ飲んで、途中からメインデイッシュにかけて、みんなで一杯ずつ注文したらいいんですよ」

「えーっ、そうなの？　お店の人、とにかくすぐに『お飲物はどうなさいますか』って訊いてくるから……」

「そうですよね、あれがよくないですよね。お酒が飲めない人なら、ソフトドリンクを即答するけど、ちょっとだけ飲みたいという人には、あの訊き方は、よくないですよね。

　お酒は弱いけど、ちょっとだけ飲みたいという人は、はじめに飲まないで、食事の途中から飲むといいですよ。そして、ひとくち飲んだら、次は水。連続してお酒に口をつけるのではなく、水を飲んで休んで、休み休み、ゆっくりゆっくり飲めばたのしめますよ」

　酒など、飲めないほうが健康にはいいのだから、むりして飲まなくてもよいと思うが、ちょっとだけ、たまにきこしめしたいとおっしゃるのなら、こうしてお飲みになってたのしまれてください。

# ウィスキーに合わせる「スパゲッティのガブリエル・デストレとその姉妹風」

ウィスキーには何が合うか?

意外にむずかしい。

もっとも、むかしは何にでも合っていた。

「むかし」と一口に言ってしまうと、卑弥呼の時代も、寛政の改革の時代も、みんな「むかし」だ。範囲が広すぎる。

この項では、エキスポ'70こと日本万国博覧会（大阪万博）に日本国民が沸いたころとする。

大阪万博の前後に発表された漫画や小説や映画における「酒を飲むシーン」では、「大人」は、必ずといっていいほど「ウィスキーの水割り」を飲んでいる。

スポコン漫画では――主人公が試合で勝つと、脇役の大人が「きみの初勝利を祝って、カンパイしよう」などと言い、テーブルにウィスキーとグラスと氷の入った入れ物と水がセットされたコマ。

愛の不毛を主題にした小説では――主人公が愛のないセックスに応じる前に、男から「何か飲むかい？」と訊かれ、「水割りでいいわ」とけだるく答えるくだり。

わざわざ「カラー」とか「総天然色」などとポスターに記されたアクション映画では――主人公は、ルーフのないスポーツカーを運転してきているというのに、「酒だ。今夜は飲まずにいられるもんかい」などと言って、カラカラと氷の音をたててウィスキーの水割りを口に運ぶシーン。

こうしたコマ、くだり、シーンが、大阪万博時代には「ふつう」だった。

大阪万博時代の日本人は、ウィスキー１対水５くらいで、さらに氷も入れて、薄めて飲むのが「ふつう」だったわけで、フィクションの世界ではなく現実の家庭でも、お父さんや、お父さんのお客さんが訪れたときは、そうやって飲んでいた。

そんな薄まったウィスキーの傍らを飾る肴といえば、プロセスチーズでもサラミソーセージの輪切りでも、とよすのあられでも、ボンレスハムでも、赤いウィンナーソーセージ炒めでも、ちょっと塩からいものならなんでもよかった。

つまり、この時代の日本国民は、アジア初の万博が大阪で開催されんとしていることに（開催されたことに）、「ついにこれで本当に戦後ではなくなった」と、やんやに沸いていたものの、ソフィスティケイテッドのレベルはまだ、「酒と肴のマリアージュ」までは発想が及ばなかったわけである。

そのあらわれとして、この時代、戦勝国（アメリカ・イギリス・フランス）のポップ音楽をよく聞く人が「イケてる人、スマート、かっこいい」とみなされていた。

この時代のヤングたちが、やがてヤングでなくなり、ウィスキーが飲まれなくなり、彼らのもうけた子供たちが成人して、現在のヤングになると、洋楽の売れ行きはガタ減りしている。

ヤング＝この語も当時を象徴するものだ。この語を使うたび、胸がきゅーとなる。自分がまだヤングでさえなかった小学生時代の無力を思い出し。

現在、ウィスキーがまた飲まれるようになったのだが、大阪万博時代と違うのは、戦勝国（アメリカ）の軍隊が日本から引き揚げてまもないころに流行ったハイボールが、洋楽崇拝しなくなったヤングをはじめ、ヤングではない層にもウケていること。ハイボールでなく飲む場合も、ストレート、氷を入れただけのロック、あるいはトゥワイスアップ（ウィスキー1対常温水1）などのスタイルになっていること。

なもので、こうなると、ウィスキーに合わせる肴はむずかしい。

たぶんこの酒は、食べながら飲むようには、もともと作られていないのだろう。ウィスキーはアイルランド、スコットランドのあたりが起源とされる酒である。このあたりに住む民族は一般に、大きくてタフであることを誇る。タフだから胃も丈夫だろう。住まう土地は寒い。四十度の琥珀《こはく》の液体を一気にあおって温まるのだろう。よって、何か食べながらウィスキーを飲もうとすることが、そもそもまちがっているのかもしれない。が、しかし、明治維新まで公衆浴場が混浴でもなんとかなっていたくらい植物的で温和な日本人は、空きっ腹に四十度の酒をガガガガッと四杯立ち飲みして、ゴゴゴーッと性交に及ぶようなワイルドな胃とスタミナは持ち合わせていない。え、貴兄はお持ち合わせですか？　これは失礼いたしました。ではお持ち合わせでない方にのみ向けて先を続けるが、ウィスキーでも、何か食べ物を合わせたいのである。

私が大学生だった１９８０年代はまだ大阪万博時代の名残で、コンパという名の飲み会で出る酒といえば、薄まったウィスキーだった。

「コンパで食べるものはおいしくないなあ」

と、当時の私は思っていた。

大学生が行けるような店だから、出る料理は、ポテトチップス、ソーセージ、ポップコーン、鶏の唐揚げ、グラタンなどだ。当時は学生だったから、こうした学生メニューに文句はなかった。ただウィスキーの水割りと合わせると、おいしさが半減したのである。合ったのはミックス・ナッツ、柿ピーくらい。だが、これらは、文字通り「つまむ」ものであって、料理というボリュームはない。

「となると、何だろう？」

学校を卒業し、社会人になり、「ごめんなさい神様、もう二度とお酒は飲みませんから、助けてください～」と泣きながら祈る二日酔いを、「もう二度と」と祈ったくせに七十七度くらい経験したのち、ようやく大人な飲み方を体得して、ウィスキーの相手を考えているのである。

ウィスキーに合うのは何か？

カカオ70％くらいのチョコレートひとかけら（もし、たまたまそばにオレンジがあったら、オレンジの皮を綿棒の先くらいに小さく切ったのを一片だけのせてもオツ）。ひとまずこの答えが出たが、これもナッツや柿ピー同様、食べるというよりはつまむものとしての相性である。

「ステーキ……」

これは何度か合わせた。

『月の輝く夜に』という映画が、私のベストムービーの一つだからである。

主演のシェールが義弟（正確には婚約者の弟）であるニコラス・ケイジの住まいを訪ねる。長年、折り合いを悪くしている弟を、来《きた》る結婚式に招いて仲直りをしたいという婚約者の意向を伝えに行く。だが、最初から義弟は喧嘩腰である。シェールは冷蔵庫にあった肉を焼いて食事を作ってやるが、食卓についても喧嘩腰のままだ。

そこでシェールはナイフとフォークをいったん皿の横に置き、肉を食べた口をちょっと拭って、ウィスキーはあるかと言う。字幕には、

「ウィスキーをちょうだい」

と出る。そのときのシェールの「ウィスキー」の発音が、かわいい声ではなく、ややくぐもっている。それが実においしそうに響くのである。

この発音を聞くとたんに食欲ならぬ飲欲がわいて、ウィスキーが飲みたくなり、この映画を見なおすときはいつも、肉を準備しておき、見終わったあとはウィスキーを飲みながら食べたものだ。

しかし、この組み合わせがばっちりかと問われれば、どうだろう？　あくまでも『月の輝く夜に』の鑑賞とセット」でないと「ばっちり合う」とは言えないような……。

「ううむ……」

と試行錯誤をし、ついにウィスキーの相手を見つけた。

ラズベリーである。そう。ルーブル美術館に飾られている名画『ガブリエル・デストレ

とその姉妹』で、指先でつまれている部分にそっくりな、あのエッチでキュートな形状の果実である。

作り方はこうです。

①ラズベリーをお玉に1掬《すく》い半か、2掬いくらい用意する。

②1・5㎜の（やや細めの、でもあんまり細すぎない）スパゲッティを固めに塩茹でにする。

③湯切りしたスパゲッティをバターと岩塩で和えてから、そこにラズベリーもまぜる（最初からラズベリーもいっしょに和えると、つぶれて酸味がからまりすぎる）。

これはウィスキーに合う。

しかも、つまみではなく、食べるというかんじになる。バターの馥郁《ふくいく》とした味と香り、ラズベリーの酸味、スパゲッティのつるつる感、この三要素が口中で合体して、それをウィスキーがツーッと喉に流してゆく。合います。春はラズベリーがお安く出回る季節。ぜひためして下さい。名付けて「スパゲッティのガブリエル・デストレとその姉妹風」。

# 『小さな恋のメロディ』のティータイム

1971年公開の『小さな恋のメロディ』は、『小さな恋メロ』と略され、五十年近くたった現在でも根強い人気の映画である。それも幅広い世代に。

公開当時にティーンだった世代↓TV放映されたときにティーンだった世代↓小さなレンタルビデオショップが町角にあったころにティーンだった世代↓TSUTAYAでレンタルDVDが安く借りられるようになったころにティーンだった世代……に満遍《まんべん》なく知られており（ボリュームゾーンの世代差はあるとしても）、動画配信に慣れた現代のティーンにさえ、「おばあちゃんに勧められて見た」という人がいる。それくらいロングセラー的人気映画だ。

ただし日本でのみ。

本国イギリスでも、同国同様、英語を母語とするアメリカでも、まったくヒットしなかったという。

「ヒットさせたいなら、田舎の人にウケないとだめだ」

というような鉄則（業界によって表現はいろいろ変われど）がある。

そうであるなら、『小さな恋メロ』という映画は、日本の、田舎の人にウケ、現在もウケ続けている、ということになる。

「田舎の人」というのは、何県だとか何市だとか、地域を特定するものではなく、トガったセンスの人ではない、という意味だろうが、私は、『小さな恋メロ』が日本でウケた大きな理由は、白色人種と黄色人種の外見差ではないかと思う。

メロディ役のトレーシー・ハイドは金髪じゃなかった。これは「日本でウケる力」が強い。『宇宙家族ロビンソン』のアンジェラ・カートライトにしろ、『ロミオとジュリエット』のオリビア・ハッセーにしろ、『初体験／リッジモント・ハイ』のフィービー・ケーツにしろ、焦げ茶色の髪に茶色い目という、日本人をすこしガイジンっぽくした顔が、日本人にはウケる。

メロディと恋をするダニエル役のマーク・レスターは金髪だが、目は茶色いし、目鼻だちは三田明そっくりで、三田明より童顔だったので、日本のティーンガールにウケた。牡の匂いをムンムンさせてくるような、たくましい男じゃなかったからウケたのだ。彼が恋するメロディも、女のお色気ムンムンなグラマーではなかったからウケたのだ。

なぜマーク・レスターが、牡の匂いをムンムンさせなかったか？　撮影時に子供だったからだ。なぜトレーシー・ハイドが、お色気ムンムンではなかったか？　撮影時に子供だったからだ。そう、『小さな恋メロ』は小学生カップルの話なんである。配給会社は初公開時の宣伝において「十一歳の二人が結婚宣言したこと」を強調していた。

だが、白人であるダニエルとメロディの外見は、日本人には preteen ではなく teenager のカップルに見えた。中三くらいのカップルに見えた。

二人が preteen の十一歳であるとは、ポスターなりＴＶ欄なりパッケージなりにたしかに書いてあるのだが、そう見えた。ティーンのカップルが、校内で出会い、惹《ひ》かれあい、セックスもせず、並んで下校したり、森（ほんとは墓場なんだが）を散歩したりするような、清純な交際をするのが、日本人である自分にもやがて訪れてほしい恋の理想形、理想の学園ラブロマンスとして映った……からウケたのだと（私は）思う。

私は『小さな恋メロ』を、初公開年１９７１年に見た世代である。

中学生になる春休み、田舎町から苦労して京都まで行って見た（田舎の十二歳が映画を見るのは一苦労だった）。河原町のスカラ座。

「さわやか～」

と思った。鉄則どおり、ウケた。ダニエルとは同世代だったのでよけいに。

『イン・ザ・モーニング』『若葉のころ』『メロディ・フェア』の歌も、いつまでも耳に残り、春休みが明けて入学した公立中学。家庭科の縫製実習でのワンピース作りでは、滋賀県の商店街の生地屋さんでギンガムチェックの布を選んだ。メロディが着ていたからだ。布地を同じにしても、顔とスタイルはトレーシー・ハイドとは全然違うことに、もちろん気づいていた。でも、若さ（幼さ?）のパワーで真実を無視できた（あやかれるのではないかと自分を納得させられた）。それほどウケた。

印象的なシーンはいくつかある。本書は食べ物がテーマなので、その点から選ぶと、一番はお茶の時間のシーンだ。

『小さな恋メロ』のティータイムのシーンは、田舎の中高生が目を見張る飲食シーンだった。いや、1970年代前半の日本では、都会の中高生も目を見張ったのではないだろうか。

メロディと仲良くなったダニエルは二人で、学校からの帰り道を歩く。ビージーズの音楽。若葉にそそぐ陽光がきらきら。

メロディの家の前まで来ると、彼女の家でのお茶に誘われる。「お茶」という日本語字幕の白い字体さえイキイキして映る。

メロディの家族とともに大きなテーブルを囲むダニエル。ふむふむ、これからダニエルはメロディの家族といっしょに「お茶を飲む」んだなと思い、見続けていると、メロディ一家はハムを食べるのである。ダニエルももらって食べるのである。ハムを。

「ハム？」

えっ、ハム？　お茶といっしょにハム？

田舎ガールの私は目を見開いた。

この映画を初めて見た河原町スカラ座の、さすがに世界のKYOTOの観客は抑制の反応だった。目を見開いても表には出さないようにしていたのかもしれない。

だが初公開年の三年後に、もう一度、見たときはちがった。

滋賀県の高校映画会で見た。

高校映画会というのは中間・期末の定期試験の最終日の午後に、町の映画館が学校貸し切りになり、視聴覚委員の生徒が選んだ映画を上映するのである（先生がテストの採点をするために設けられていた行事なのだと思う）。

このとき、観客は（みな自分と同じ高校の生徒だとわかっていてリラックスしていることもあり）、この「ハム」に、一気にどよめいた。

隣の席の赤木明子ちゃんなど、私のセーラー服の袖を引っ張り、

「なんで？　なんで？　なんでお茶飲むのにハムを食べはるの？」

と、ひそひそ声ではなく、授業中に先生に質問するときくらいの声で言ったものだ。

ティータイムにハムだったから、この映画はウケた。

もしこのティータイムのシーンで、ダニエルが勧められたのが、ハムではなくキドニーパイで、「腎臓の包み焼き」などと日本語字幕に白い字体で出たりしたら、ウケなかったと思うのだ。

ハムだから「わかる」。わかるからエッと思えるのである。エッと瞠目《どうもく》しているところに、ティーポットやカップが映る。それは平均的な家庭にある、平均的なものなのだろうが、イギリスふうだ。「へえ、そうなんだ、イギリスではそうなんだ」と、「エッ」は「へえ」という感心となり、「すっごーい」とウケることができるのである。

『小さな恋メロ』を見て、このマリアージュ（お茶＋ハム）を真似した観客がきっといるはずだ。

私も真似た。ギンガムチェックのワンピースより前に真似た。家の戸棚で保管状態悪く残っていた日東紅茶のティーバッグを出してきてお湯を注いでハムに合わせて飲んだ。

ハムは、ギンガムチェックの生地を買った店のそばの、商店街のお肉屋さんで買った。縁が真っ赤ならぬ、真っオレンジの、ちょっとパサパサした特売のハムだったので、とく

においしくはなかったが、幼児期よりシュークリームとアイスクリームとクッキーが大嫌いだったので、

「お菓子と合わせるよりはずっとよいではないか」

と、けっこう満足した。

大人になってからは、気に入りの茶葉を自分で買えるし、1970年代と違い、日本でもおいしいハムが作られ売られるようになったので、この組み合わせでのティータイムに、より満足していた。

ところが大人になりすぎた今日このごろは、ハムの塩分を心配せねばならない。

同い年のマーク・レスターは、整骨院を開業しているとか。膝痛の具合を診てもらいたいところである。スカラ座も閉館してしまった。ウェナイワスモー、エンクリスマトリーワトー。ナウアトー、エンクリスマトリー　アスモー。「若葉のころ」は「落葉のころ」に……。

# さかのぼりコース和食

店に入って席に着いたら、私としてはまず、おしぼりではなくトイレで手洗いとうがいをすませたい。が、そんなヒマを、店はまず与えてくれない。

とにかく質問してくる。

迫って質問してくる。

席で初めて会う人と挨拶するヒマも与えず、店は質問してくる。

「お飲みもの、何になさいますか？」

これだ。借金の取り立てのように質問してくる。

安い居酒屋など、バイトさんは、オートメーション作業で、この質問をし、答えを急がせる。とにかく「お飲みもの」だ。いらっしゃいませより、こんにちはより、とにかくとにかく「お飲みもの、何？」だ。まずはコートを脱ぎたくても、まずは椅子にすわりたくても、とにかくとにかく「お飲みもの」「お飲みもの」と急き立てる。いや、ごめんごめん。ここまで言うのはオーバーだが、つい、こう言いたくなるほど、私はあの、飲食店での、まずは「お飲みもの、何になさいますか？」が苦手なのである。

世の中には、この質問に即答できる人が、そんなにたくさんいるのだろうか？

酒というものは、何を食べるか決めてから、それに合うものを選ぶのではないのか？

いきつけの店なら即答もできよう。店に着くまでに「よし、今日はあれを食べて、これを食べて、あれを飲もう」と計画を立てておける。

だが、いきつけではない店では、メニューを見てから計画を立てなければならない。その料理がテーブルに来るまでの時間も見当をつけておかねばならない。

酒は頼めば、だいたいの場合は、すぐに出してもらえる。むしろすぐに来すぎて困ることがよくある。

餃子でビールを飲みたい時に、「お飲みもの、何になさいますか？」をされると、新幹線のぞみ速度でビールが先に来て、手漕ぎ渡し船速度で餃子が後に来ることがある。よくあるぞ、こういうこと。頻繁にある。

私など猫舌だから、さらにさます時間も要る。すると、餃子に箸をつけたときにはすでにビールはカラだったり、ぬるくどころか生あたたかくなっていたりする。

佐々木小次郎よろしく「待ちかねたぞ、餃子！」と、あわてて箸をつけて、猫舌は大やけど。口蓋がズルむけて、その後の食事が台無しになったことが何度あったことか。

私は憎む。「お飲みもの、何になさいますか？」の質問を。

憎んでいたら、近年は、餃子とラーメンとビールしかないような店は、この質問をしなくなった。このテの店は食券システムが導入されていることが多いからだ。このシステムの店なら、ビールの食券を、ころあいを見て後から渡すなどして、来る順番を調整できる。でも、そもそも餃子とラーメンとビールしかない店は、私のような優柔不断な者でも、「何にしようか」と悩まない。

料理も酒も豊富な店は、食券システムが導入されていない。そして困ったことに（店の気配から）どれもおいしそうな店にかぎって、店の人は礼儀正しく「お飲みもの、何になさいますか？」と訊いてくださる。このフレーズがもし、質問というよりは、「いらっしゃいませ」の挨拶に準じているのなら、まず、

「お料理、何になさいますか？」

でよいのではないか？

酒が弱い人（でも少しだけ飲みたい人）の場合、空腹状態で先にアルコールを摂取すると、クラ〜ッとまわってしまって、あとの料理がおいしくなくなることがよくある。

酒飲みだって、先にこう訊いてくれたほうが、勝手のわからない店の場合、「今日のおすすめがあったりするのですか？」とか「早く出るのはどれですかね？」などと、店の人に訊ける。「メニューを見て、ちょっと考えます」と言う手だってある。

店の人のアドバイスに従うなり、メニューをよく見るなりして、料理を注文する。そして、料理が出てきそうなころに酒を注文する。このほうがよくないか？

「いや、よくない。最初はビールが飲みたいから、すぐ『お飲みもの、何になさいますか？』と訊いてくれるほうがうれしい」

と思う人もいるだろう。そういう人は「まずビールね」と、コートを脱ぎながら、椅子を引きながら、店員さんに言えば簡単にことは運ぶのだから、それから「お料理、何になさいますか？」の質問に応じればよいわけで、やっぱり、先に「お料理、何になさいますか？」があったほうが、「とにかく最初はビール派」の人も「酒は料理に合わせたい派」の人も、両派ＯＫになると思うのだが。

ところで。

たしかに「最初に飲みたい酒はビール」という人は多い。

そのために飲食店では、また別の困った状態になっている。

私もビールはおいしいと思う。乾燥した冬場の喉にも、汗ばむ夏場の喉にも、最初のビールはおいしい。

で、ビールに合う料理は何か？

冒頭で例にした「餃子とビール」は、食事のマリアージュの中でも、ヴィクトリア女王とアルバート公なみの好相性だ。ビールは揚げものや焼きものと相性がよい。

が、困ったことに、揚げものや焼きもの料理は、注文してから席に来るまでに時間がかかる。

もっと困るのは和食コースの席だ。

ユネスコ無形文化遺産でもある和食は、見た目もおいしく、食べてもおいしく、まさに日本人の誇りであるのだが、和食のコースは、「最初はビール」をしようとすると、とても困るように作られている。

ロドルフ殿下が来日されたら行かれるような最高の（値段も最高の）和食店ではどうなのか私にはわからないのだが、ちょっとがんばって行った和食店も、食事と宿泊代込みの温泉も、手頃な値段の店でも、和食のコースはだいたい同じ流れで出てきた。

❶きゃら蕗や小魚の佃煮的な、ほんのひとくち的なものが小鉢で来て、❷刺身が来て、❸

おひたしや、野菜の煮もの的なものが来て、品数が多い場合だと❺茶碗蒸しもついて、❻天麩羅などの揚げものが来て、❹焼き魚が来て、ごはんと味噌汁と香の物の「お食事」と称されるものが来て、❼オプションで希望した人には、❽「水菓子」と称される果物が来る。❼と❽をのぞけば、小鉢・生もの・煮もの・焼きもの・蒸しもの・揚げものというのが、和食のざっくりとした流れである。

「和食には日本酒を合わせたい。でもビールも飲みたい」

と思わないか？

「先にビールを飲んでから、日本酒にシフトしよう」

と計画するだろう？

それなのに！　和食の流れは前半が日本酒に合って、後半がビールに合うものが来るのである！

和食のコースだと、あっさりしたものにビールを合わせ、こってりしたものに日本酒を合わせることになってしまう。エリザベートとヨーゼフⅠ世のように、ボタンをかけちがっていく結婚ではないだろうか？

そこで提案。流れを反対にしてみたらどうか。

まず❻天麩羅（揚げもの）が来る。カラッと揚がった天麩羅。サクッ。薄いグラスが唇にふれる。冷えたビール。ゴクゴクッ。ぷはーっ、うまいっ……と、やってから、❺で酒を休んで、そのあとに❹焼きものが来て、焼きものでビールの残りを、ゆっくりめのペースで飲んで、なくなったら、「じゃ、日本酒にシフトしようか」と注文し、❸のおひたし的なものと、お水で口の中をさっぱりさせ、そこに日本酒と❷の刺身が運ばれてきて、ツツッと日本酒を飲み、「おっ、この白身の刺身はイキがよいね」などと相好《そうごう》を崩し、「ううむ、もうちと日本酒をいただくとしよう（こういうときに、「いただく」というのは使うものだよなあ）」と、❶きゃら蕗かなにかの小鉢を、もうちとな日本酒の肴にしてシメとする。

最初に野菜の天麩羅などを食べるほうが、空腹感が落ち着いて、そのあと日本酒を飲むピッチもゆったりしたものになり、飲み過ぎ・食べ過ぎ、ともに防止策になってよいと思うのだが。

名付けて「さかのぼりコース和食」。

どこかの和食の店で、ぜひ検討していただきたいです。

……と、願っていたのだが、私ももう年をとり、元気に外食できるうちに叶いそうにもないなとしょんぼりしていたところ、「おや、そうだ」と思いついたアイデアがある。

食べるほうではなく、飲むほうの流れを反対にするのだ。

席に着き、和食のコースを頼み、ガス入りミネラルウォーターがあるならそれを、ないならミネラルウォーターやウーロン茶を頼む。それで❶を食べ、そして日本酒を頼んで❷❸❹を肴にし、❺で酒を休んでフィニッシュの❻でビールを頼む。年齢とともに酒も弱くなってきたので、ビールを食後酒にするわけである。ビールが冷たいので、冬にはあまり向かないが、春から夏なら、この組み合わせにすると、まずまずの対処方法だった。

**《男は黙って××ビール》**

ヤングな方でも三船敏郎は御存知であろう。が、世界の三船敏郎がCMしていた「男は黙ってサッポロビール」をリアルタイムで見たことはないよね。こういうコピーで三船敏郎はごくごくと豪快にビールを飲んでいらした。このCMを見ていた子供のころは、将来、自分が、このビールは好きだが、あのビールは好みではないなどと飲み友だちとしゃべるようになるとは、思いもよらなかった。

このページを読んでいてくださるあなたはどんなビールがお好きです

か？　シメイのようなコクのあるものがお好きなら、ビール党ですね。ヱビス、プレミアム・モルツ、そしてサッポロ赤星（ラガービール）も好みの系統でしょうか。ああ……。私の苦手なやつ……。私はビール党ではないのです。なもので、ヱビス、プレミアム・モルツ、赤星の、あのこっくり感が苦手で……。ハイネケン、サッポロ黒星のようなスッキリ系が好みです。ヱビスよりは、ビール党の人からは軽視されがちなアサヒスーパードライのほうがありがたい。

それから、ビールは小瓶で飲みたい。グラスは小さく、飲み口が薄い薄いやつ。そのグラスを冷やしておいてビールを飲ませてくれる店に出会うと、外食の甲斐がある、と思う。

ビールは生を、ジョッキの把手《とって》を掴んで、ググッといきたい方もおられようが、私はこの派ではないですね……。

# 好きなもの、嫌いなもの

「あれは人より一杯多くスコッチを飲むためなら、なんでもするやつだ」

ハードボイルド小説に、こんなくだりが出てくることがある。

「あれは人より一口多くクレソンを食べるためなら、なんでもするやつだ」

私ならこうだ。

「クレソン」の部分は「慈姑《くわい》」でもよい。「セロリ」でも「金時にんじん」でも「アスパラガス」でも「みょうが」でもよい。「まつたけ」でもよいと言いたいが、国産まつたけなど、もう五十年口にしていないので、もはやこういう軽口で挙げるものではなくなってしまった。

食い意地の張っていることにかけては、幼いころより自身を嘆いてきた。いつか食べ物が原因で警察に逮捕されるような事件をおこしてしまうのではないかと恐れている。

「人生の2／3はいやらしいことを考えてきた」のがみうらじゅん氏なら、私は「人生の9／10は食べ物のことを考えている」。進行形である。

別ページで「菓子折りの難儀さ」について話したが、この機会に、自分の好きな食べ物と嫌いな食べ物を大々的に羅列する。

というのは、味の好みは千差万別なので、この後のページで「こうするとおいしい。こう組み合わせるとおいしい」と話すにあたり、話し手の基本的な味の嗜好を明かしておくと参考になるのではないかと思うからだ。

＊

まず、嫌いなものから。

といっても、日本の食習慣から大幅に逸脱したようなものは、あらかじめ除外する（たとえばコウモリのスープとか猿の脳味噌の刺身とかタランチュラ蜘蛛の揚げものとか）。

また、「さして好きではない」というものも除く。「さして好きではない」というものなら、いろいろある。しかし出されたら食べる。だからこれも除く。

では、嫌いなものを挙げる。

「アスティと回転寿司のエンガワ」

即答だ。アスティという「女性に人気！」と、たいてい紹介されている濃縮マスカットジュースのようなワインがあるのだ（「アスティ」「アスティ　スプマンテ」で各自検索乞う）。あれが私は、グラス一杯も飲めない。ひとくちで降参だ。同様に回転寿司のエンガワもひとくちで降参だ。何だか不審な生臭さがして……。

回転寿司は本当の魚の名前で出してほしい。

以前、とんねるずが司会をしていた嫌いなものをあてるTV番組があったが、アスティと回転寿司のエンガワが出たら「まいりました」と深々と頭を下げる。

ほかに「嫌いなものはアイスクリームとケーキ」

アイスクリーム、ドーナッツ、パイ、クッキー、ホワイトチョコレート、中にクリームが詰めてあるチョコレートなどの、いわゆる「スイーツ」という類のもの。

アイスクリームは甘くてクリーミーなのでいやだ。カルボナーラは甘くないがクリーミーなのでいやだ。だが出されたら水で飲み込みながら食べる。

ドーナッツは甘いのに、その上揚げてあるので、かんべんしてほしい。菓子は嫌いだと何度も何度も書いてきたつもりでいたが、ある出版社から「ドーナッツを愛する」をテーマに一冊作るので執筆者に加わってくれと依頼が来たときにはガクッと膝を床についた。

モンブランケーキやタルトも、コース料理のデザートについてくると、ぜんぶ、まるごと同席者に譲る。

キャロットケーキもほうれんそうケーキも「野菜をなんでわざわざ菓子にして台無しにするの？」と思ってしまう。アップルパイも、「紅玉、皮ごと食べてもあんなにおいしいのに、なんで労力と金を使っておいしくない状態にするの？」と思う。

クッキー、マカロン、なんとかパイ、ぜんぶ、お願いですからお許しください。デニッシュ生地のパンも許して。

コーヒーキャラメル、コーヒー牛乳、コーヒーキャンディ、コーヒーゼリーも、手を合わせてごめんなさい。

「あっ、ごめん。せんべい、あられもダメでした」

これは、味がいやなのではなくて、食べるともたれるため。

「それから、しゃこ」

しゃこだけ、菓子類ではないですね。これは、学生時代、日本料理屋さんで裏方のバイトをしていたとき、生きているのを毎日見て。大きいゴキブリそっくりなんだよ……。その形状が目に焼きついて、以来、嫌いに……。

＊

では、これから先は、たのしいたのしい好きなもの列挙。

好きなものは、たくさんあって、ひとことですまない。

「冒頭のとおり、セロリ、くわい、クレソン、金時にんじん、アスパラガス、みょうが」

「縮みほうれんそう、トレビス、チコリ、ゴーヤ、パセリ、パプリカも大好きだ」

「食パンのミミもたまらない」

2019年現在、いちばん好きなミミは、タカキベーカリーの『石窯ライ麦ブレッド』のミミのところ。そうっとそうっと周囲を薄く剥ぎ取って、目を閉じて、あのミミの舌ざわりと香りを味わう。

「それに、すだち」

すだちLO～VE。柚子は酒の味や料理全般の味も邪魔してしまうことがけっこうあるのに、世間ではちょっと過剰評価されているのではないかと（私は）思うが、すだちは、ほんとうに陰の立役者でおいしい。

以前、靴のコンバースの主催で、読者と作家が語るという企画があった。そのときに選ばれた読者の方が徳島出身で、すだちを一箱（二十個くらい）、お土産にくださった。このお土産は本当に本当に本当にうれしかった。

すだちを皮ごとよく洗い、焼きサンマに、まずしぼってかける。辛口白ワインと合わせて食べる。焼きサンマは日本酒より白ワインのほうが合う。サンマの身がなくなったあとは、サンマから出たＤＨＡ脂を、すだちの皮につけて、岩塩をほんとに三粒（三匙じゃないですよ）くらいかけると、これまた白ワインのお供になる。飲酒した翌日は酒臭い息をさせている人がよくいるが、すだちの皮をお供にしておくと、口臭も激減するですよ。

　ワインといえば……。なぜ「贈り物には菓子折り」なのだろう？　「贈り物には酒」ではないのか？　酒ならうんと日持ちする。嫌いなら、リカーオフに持っていくにせよ、だれかにあげるにせよ、時間的余裕があるから、どうにでもなるではないか。「でも、お酒はどういうのを選んだらいいのか」と言う人がいるのだが、それなら、「お菓子は、どういうのを選んだらいいのか」とは思わないのかい？　思ってくれたまえよ、頼むよ……。

「それと大好きなものは、板チョコレート！」

　スイーツ嫌いと言っておいて、チョコレートが大好きだと言うと、「えっ」と思われるかもしれないが、酒飲みには、こういう人が多い。

「ただし、中に何も入ってないシンプルな板チョコレートにかぎって大好き」

　という人が。

　外国の高価なメーカーのチョコレートなどには、チマチマした飾りつけをして、中にもわもわしたものを詰めてあるのが、よくあるだろう？　あれは悲しい。せっかく美人なのに美容整形して、かえってブスになった人のようだ。ガトーショコラも「なんでおいしいチョコレートを、わざわざ、まずい状態に変えるの？」と思う。「カカオ67～70％くらいの（80％以上だと、ちょっと土っぽくなる）シンプルな板状のチョコレートはウィスキーにぴったり」

なんである。チョコレートにヘンな手を加えないでくれ。

ということは、シンプルな板チョコレートなら、甘党にも酒飲みにも、どちらにも喜ばれる確率がきわめて高い。

かりに何かの疾患のために食べてはいけない人も、あるいはたんにレアな嗜好でダメな人も、シンプルな板チョコレートなら真夏以外はあるていど日持ちするから、だれかに譲る時間的猶予がある。

そうか、シンプルな板チョコレートならほぼ万能の贈り物だという結論が、今日は導き出せた。

## 《猫の舌チョコに混乱》

デメル社のソリッドチョコ猫ラベルシリーズは、チョコレート自体もおいしく、箱もかわいいのですが〈ミルク〉と〈スウィート〉の区別が難しい。食べてみると〈スウィート〉のほうが、ややビター。だが、箱は〈ミルク〉がペールグリーン、ややビターな〈スウィート〉がカスタードイエロー。箱を逆にしたほうが味と合っているような……。

# じゃがいも

## 1

十代のころの吉永小百合様が、記者から質問された。

「好きな男性のタイプは？」

みたいなことを。「どんな男性が理想ですか？」だったかもしれない。とにかくこの手の質問だった。

小百合様はお答えになられた。おぼえている読者はいるだろうか？　私はおぼえている。小学生だったので、お答えになるのをＴＶで見たとか雑誌で読んだわけではない。当時は現在ほど芸能人がＴＶ番組で個人的な意見をしゃべるような機会がなかったし、芸能ゴシップが掲載される週刊誌は、小学生が日常的に触れられるものではなかった。

なのにおぼえているのは、小百合様の答えがとても話題になったからだ。どこからともなくだれからともなく、小学生の耳にも届くほど。

吉永小百合様はこうお答えになった。

「じゃがいものような人」

と。「じゃがいもみたいな顔の人」というのが正確らしいが。

吉永小百合様は、高度経済成長期のスタートを切ったわが国において、模範の美人だった（現在も）。

さような方の、「じゃがいものような人」という、抽象芸術的なお答えは、当時の日本の男性を励ました。とくにポジティブな（＝解釈上手な）男性を。

「オレでもイケるかも」

と、みなさんをハッスルさせた。現在なら小百合様の答えに「いいね！」が百万個くらいつくにちがいない。

当時、小学生だった私も、「うん！　うん！」と思い、よりいっそう小百合様のファンになった。

ただし、小百合様の抽象芸術的回答とはちがい、具象感想だった。じっさいの食べ物として、じゃがいもが好きだったからだ。

甘い菓子が大嫌いな子供だったので、さつまいもより、だんぜんじゃがいも、それも肉じゃがではなく、こふきいもに塩をひとふりしたものだとか、カレーに入っているやつだとかが好きだった。今もそうだが。

とりわけ、「フライパン皿のハンバーグの横についたじゃがいも」が好きだった。「フライパン皿のハンバーグ」というのは、小さなフライパンというか、アツアツの黒焼けしたような鉄板が木製の枠に嵌《は》め込まれた皿にのったハンバーグのことである。

私が小学生のころは、まだ、「和食＝庶民的、大衆的、下町的、田舎的」で、「洋食＝お金持ち的、ブルジョワ的、山の手的、都会的」だった。ステーキは、お金持ち的ブルジョワ的なメニューで、瀬戸物の白い大きな洋皿にうやうやしく盛られて出てくる料理であり、添えられたじゃがいもは、こふきいもかマッシュポテトに調理してあった。

その点、ハンバーグは、庶民がときどきなら食べられる洋食だった。これもたいていは、瀬戸物の皿に盛られていた。だが、たまに、鉄板を木製に嵌め込んだ皿にのせて出す店があり、その特別感から「フライパン皿のハンバーグ」と私は（一人で）呼んでいた。

というのも、吉永小百合様の御回答が話題となったころはまだ、オーブンという調理器具が、一般家庭にはなかったし、飲食店であっても、田舎では、庶民が行くような店には、そうそう備えつけられていなかったのである。

だから、鉄板皿をオーブンに入れて焼き、取り出して木枠にのせて出すようなことができる店に、田舎に暮らす小学生が入ることは（大人に連れていってもらえることは）、たまにしかなかった。

「フライパン皿のハンバーグ」に添えてあるじゃがいもは、蒸すでもなく、炊くでもなく、揚げるのでもない、炒めるのでもない調理法だ。こんなふうに調理されたじゃがいもを何と呼べばいいのか。小学生の私は、それもオーブンが家庭に普及していない時代の小学生の私はわからなかった。グリルドポテトとか、ポテトのグリルとか、そんな言い方は思いもつかない。「フライパン皿のハンバーグの横についたじゃがいも」と言うしかなかった。

このころ、飲食店の種類を示すことばとして、「グリル」はとても一般的だった。「喫茶店」以上「レストラン」未満の飲食店を「グリル」と呼んだ。「グリル　鈴木（オーナーの姓）」とか「グリル　高槻（地名）」とかいった看板を、たまの遠出のさい、自分の住まう田舎町ではない都会（今から思えば、さほど都会でもなかったのだけれど）の町で、見かけることがあった。

そんな「グリル」で、おそらく私は「フライパン皿のハンバーグ」も、添えられた「グリルしたじゃがいも」も、初めて食べたのだと思う。いつどこでだったか定かではないが、ハンバーグ本体よりおいしいと思った。

「これだけ、どこかで食べられたらいいのに」

と。まだファストフードが日本に出現する前である。何年も前である。袋入りのポテトチップスも一般的なスーパーにはなかった時代のことである。小学生が、おこづかいで、「グリルしたじゃがいも」を「単独」で購入して食べるのは、その欲求自体はスケールが小さいのに、実行するとなると不可能に近かった。

「大人になったらしたいこと……」

と、ＪＲ東日本の大人の休日倶楽部のＣＭで、現在の吉永小百合様は、いまなお清純な口調でおっしゃってくださる。

「うん、大人になってよかった……」

と、サンドイッチ・チェーン店の『ＳＵＢＷＡＹ』でポテトを食べると、私はしみじみ思うのである。ファストフード店の中では『ＳＵＢＷＡＹ』のポテトが一番好きだ。グリルドポテトにいちばん近い味がする。大人になった吉永小百合様には、『ＳＵＢＷＡＹ』のＣＭにも出演していただきたいものだ。

## 2

しかるに、レストランよりはもうちょっとカジュアルな店を指した「グリル」であったが、やがてこのカテゴリーは廃《すた》れた。

「スナック」が台頭してきたのだ。台頭後ほどなく、パープル・シャドウズの歌、『小さなスナック』がヒットした。

　年齢的に私はすぐに歌えるが、読者諸賢におかれましては、各自で「小さなスナック　パープル」で検索して動画なり歌詞サイトなりを御覧されたし。

「検索しなくても、アレだろ。ほら、あの、八代亜紀の大ヒット曲みたいなやつだろ」と、1980年代前半生まれの世代は演歌だと思うかもしれず、1995年以降の生まれの世代となると、「小袋に入ったちょい食べ用のやつ？」と思うかもしれない。いずれにせよ、

「細身のジーンズに長髪でベトナム戦争に反対していた大学生が、ある日、入った店で、ギターを弾いていた二十歳前後の女の子の、さびしげな横顔にどきんとしてしまった心情をうたった歌」

　とはイメージしないだろう。

しないだろうが、『小さなスナック』は右記のような歌なのである。「え、うそ？　ほんと、それ？」と反応したなら、それは、「スナック」というカテゴリー名を、「おっさんやおばはんの世代が使う用語。飲み屋のこと」と思っているからだ。「スナック」というカテゴリー名を、「甘くない系の菓子類」と思っているからだ。

まちがってはいないよ。まちがってはいないが、はじめからそうではなかった。

「スナック」は、日本で浸透し始めたときは、「グリル」に近い軽食の店を指すことが多かった。「グリル」よりはもう少し喫茶店寄り。

ほどなく、さらに喫茶店寄りになって、若者向け喫茶店寄りになって、パープル・シャドウズの歌『小さなスナック』がヒットした。

この歌の流行が去ってからは、喫茶店から飲み屋寄りになった。さらに、ぐっと飲み屋寄りになり、完全に飲み屋と同意語になった。

そして現在、「スナック」という呼称は、「（田舎の）おっさんやおばはんの世代（だけ）が使う用語。飲み屋のこと」になってしまい、それさえ絶滅寸前。現在では「スナック」が堂々としている場所は、「スナック菓子」という、食品のカテゴリーとしてである。

この堂々たる場所における頂点が、ジャーン！　ポテトチップスだ。ポテチをおいてほかにない。ポテトチップスは実に魅惑的な食べ物である。

『痴人の愛』のナオミのように、ひとたび袋を開けたら、彼女の誘惑には抵抗できない。『ポテチよ、ポテチよ、私のメリー・ピクフォードよ、お前は何と云う釣合の取れた、いい食感をしているのだ。

お前のそのかろやかな一枚はどうだ。その真っ直ぐな、まるで微笑むようにすっきりとした歯ごたえはどうだ』

と、谷崎潤一郎の原作からもじって拝借引用する。

湖池屋の『頑固あげポテト・ちりめん山椒味』は、山椒のパンチに、文字通り痺れるおいしさだった。初めて食べたときは、講釈師が扇子でバンバンと台を叩くがごとく、手でテーブルを打ったほどだ。販売中止になったと知ったときには、

「なぜですか？　なぜやめたんですか？　理由を教えてくださいっ」

と湖池屋のお客様センターに、ナオミが家を出ていってしまったときの河合譲治のように必死の声で電話したくらいだ。自分で山椒をふりかけてみたが、あの味は再現できない。復活を切に願う。

みなさんは、ポテチになにを合わせておられるだろうか？

１９８０年にアメリカにホームステイしていたときには、ホストファミリーから、ポテトチップスにサワークリームやアボカドをディップするカリフォルニア・スタイルを教わ

った。が、ちょっとクドい。それに、いくらなんでもデブ一直線の食べ方だ。

そこで、このスタイルをヒントにプレーン・ヨーグルトにしたらどうかとひらめき、ホストファミリーといっしょに食べたところ、合う合う。

帰国後に、さらに思いつき、現在でもよくやるのが、プレーンなポテトチップスにリンゴ酢をかけて食べるスタイル。

このスタイルを好むくらいだから当然、湖池屋の傑作『すっぱムーチョチップス　さっぱり梅味』は大好きだ。知人は辛めのレトルトカレーを食べるときに、ポテチの一部を袋越しにバリバリとくだいて、トッピングしてくれたが、これもまあ、たまにはいいかな。

最近は、カルビーの『しあわせバタ～』というのがヤバい。若者ことばとしての意味ではなく、本来の意味のとおりにヤバい。よほど意志が強くないとやめられない。デブ一直線。

ヤバいが、やはりそこがポテトチップスの魅力。ひとたび口に入れたら最後、しあわせ～。

# お漬《つ》けもんの炊いたん

久しぶりにアレが食べたい。アレだ、アレ。

お漬《つ》けもんの炊《た》いたん。

タイタンといっても、土星ともギリシア神話とも無関係である。沢庵漬物を煮た料理のことである。

滋賀県では漬物を「お漬けもん」と言い、煮るを「炊《た》く」、煮たものを「炊《た》いたん」と言う。

近隣の地方もそうだと思う。

この料理は、「贅沢煮《ぜいたくに》」とか「大名煮《だいみょうに》」とも言うのだが、どうも隔靴掻痒《かっかそうよう》の感がある。

アレはたんに「お漬けもんの炊いたん」だ。

この料理になじみのない地方の人は「沢庵なんて塩分の多いものを、さらに煮つけるの？」と思われるかもしれない。いや、沢庵漬物として食べる状態のまま煮るのではないのだ。

昭和のころの田舎では、たいていの家で漬物を漬けた。大きな樽や壺で。とくに大根はどっさり漬けた。だから余って困ることもあったし、漬け具合の味が濃すぎて困ることもあった。

そんなときに、ボウル一杯分くらい沢庵をスライスして水に一昼夜かそこら浸して塩分を出し、水を切って、それを煮干しで甘醤油味に炊くのである。好みによっては唐辛子を加えたりもする。

今考えると、漬物にして、また水に浸して漬物の食感をなくして、また煮干しで炊くのだから、ワケのわからん作業の果てにできる料理ではある。

モノが有り余っていなかった時代には、多すぎるだの漬かり具合がよろしくないだのくらいの理由で食物を捨てるなどという行為が罰当たりに感じられて、考案されたのではないだろうか。じっさいのところ、アレの味を形容することばを選ぶなら「貧乏くさい味」。これがフィットする。はりきって作るのではなく、

「おだいい（＝大根）のお漬けもんが余ったさかい、炊《た》いとこ（炊いておきましょう）」

くらいのユルさで作るので、大量にできてしまう。

タッパーウェアなどという洒落たものは、田舎のわが家にはなかった。アレを作ると、亡母は必ず蓋付の丼に入れていた。ダサい食器の多かったわが家でも、第一位に輝くほどダサかった。蓋付の食器などというものは、茶碗蒸し用や漆《うるし》の椀など、たいてい四セットか五セットそろっているものだが、それは一セットしかなかった。

蓋にも丼にもちょっとカケたところがあった。おそらく、だれかから「ちょっとナントカを作りましたさかい、よばれてくださ い(=召し上がってください)」などと、なにかをいただき、別のなにかをおすそ分けするときに、その丼に入れて返そうと思っているうち、機会を逸して、そのまま家にずーっとあって、カケたのではなかろうか。

このダサい丼が、アレをつくったときの保存専用になっていた。しかも、いつも母はぎゅうぎゅう詰めにした。冷蔵庫で冷たくなったアレが、ぎゅうぎゅう詰めになって、食卓に出てくる。その見てくれ(ヴィジュアル)は、まさに、じじむさいのサンプルだった。

なんといっても色がよろしくない。汁も焦げ茶色で、炊いてへたっとなった大根も焦げ茶色で、煮干しも焦げ茶色。なんとも爺《じじ》いだ。

だが。食べるとこれが、なかなかオツなんである。

鍵っ子だったので、自分で食事を用意して食べて片づけなければならないことがよくあった。当時はタッパーウェア同様、コンビニもない。電子レンジも普及していない。そこで小学生がとり出しましたるは、お櫃《ひつ》に残った冷えたごはん。そしてこの「お漬けもんの炊いたん」でございぃ。どちらも冷たい。ヴィジュアルも地味。チョー地味。

用意した自分自身も、「あーあ、しょうがないなあ」とげんなりして、食卓に向かう。ぱく。口に入れる。煮干しのダシを吸った大根から、そのダシのうまみが、しみじみと口内に広がる。おや？　小学生の舌は気をとりなおす。次に冷えたごはんをひとくち口に。ぱく。冷えているから、つぷつぷ感が、舌上や口蓋や頬裏にぶつかって躍動感がある。咀嚼《そしゃく》とともにごはんの澱粉《でんぷん》は甘みと化し、先の大根の味とミックスされる。うん？　小学生の喉は警戒心を弱め、ごっくと飲み込む。すると「なんや、意外とおいしいやんか」となり、ごはんが進んだものだ。

かかるしだいで食べていたから、アレにはとくにありがたみを感じたことはない。ないのだけれど、いざ食べてみるとなかなかオツで、でも、冷蔵庫から出してこなければ忘れている、そんな存在だった。

上京しての下宿部屋では漬物は漬けられない。アパート暮らしになっても、一人だと大根を丸ごと漬物にするようなことはしないから、沢庵も余らず、アレも作れない。アレは外食にあるメニューでもない。

数年前、京都の、おばんざいを売りにしている店でメニューにあるのを発見し、「わあ、なつかしい」と思い、まっさきに注文した。

しかし。なつかしさは充たされなかった。

三人で入った店で、ほかの連れといっしょに、酒を飲みながら食べたからだと思う。こぎれいな店で、ステキなグラスについだ、小粋《こいき》な冷酒とともに食べたからだと思う。

そんなふうな状況ではなく、アレはやはり、塾とも習い事とも無縁の鍵っ子が、残った冷や飯に添えて、TVで『ザ・モンキーズ』を見ながら、一人で、食べるのがオツだったのだろうな。あの時間こそ、贅沢煮だったのだろう。

# ざんねんな、おいしい場所

## ホームパーティの盲点

ＡＢ夫妻宅でのホームパーティに行った。

海外旅行が多いＡＢ夫妻は、旅行のたびにワインをお土産に買い、保管のためにワインセラーを自宅に備えている。それらのワインを披露するホームパーティだという。期待せずにおられようか。

ピンポーン。チャイムを押す。「いらっしゃーい」と、にこやかに出迎えてくれる美人妻Ｂさん。「さっそく乾杯しましょう」スパークリングワイン（プロセッコ）を美人妻が開け、

夫婦仲のよさがしのばれるタイミングで夫Aさんが料理を運んでくる。

「まずは近江牛のステーキの香味野菜添えだよ」

すばらしい盛りつけだ。『ｄａｎｃｙｕ』誌の表紙を飾れそうだ。こんもりと立体的に盛られたクレソン。その緑と近江牛のレアな赤いところと焦げ目の茶色いところ、三色が鮮やかに、皿の白に映える。もちろん味も満点。

「次は、福井の友人が送ってくれたずわい蟹だよ」

伊万里焼のすばらしい皿。ずわい蟹の脚のいい部分に、ポン酢がかかって、それがずらりとならび、胡瓜《きゅうり》はみごとな飾り切り。蟹が大好物の私は見ただけでよだれだ。口に入れれば、さらによだれ。じつにおいしかった。

このとき夫妻が開けたのは赤ワイン。ピノノワールの重い系。舌触り、香りともにすばらしい。そして夫妻の次なる料理は、

「年末に作った燻製チーズだよ」

桜チップで燻製にしたという。うーん、おいしい。

「あ、もう酒なくなった。次、開けよう」

このとき夫妻が出してくれたのはワインではなく、福島の日本酒。『寫樂《しゃらく》』の純米大吟醸。これは私が手土産に持ってきたもの。淡麗辛口でおいしい。

酒といい、料理といい、すばらしかった。

ゆえに。

残念だった。

すばらしいゆえに残念だった。酒も料理もおいしく、盛りつけも工夫され、食器もすてき。文句なし。

だが、ホームパーティでおこりがちな（とくに気の置けない者同士で集まるホームパーティでおこりがちな）盲点だ。

玄関で顔をあわせたとたん、話がはずみ、はずみすぎて、料理と酒の「組み合わせ」を、ころっと忘れてしまいがちなのである。話に夢中になってしまうので、冷蔵庫を開けて目についたものから料理してしまうのだ。私もAさんの立場だったら、同じことをしでかす。

このホームパーティの場合なら、

❶淡麗辛口日本酒＋ゆでずわい蟹のポン酢

❷発砲ワイン＋手作り燻製チーズ

❸重い系の赤ワイン＋近江牛のステーキ、クレソン添え

この組み合わせと順番にしたほうが、酒も料理も二倍三倍おいしくなっただろう。「おいしい・おいしくない」は、組み合わせで決まることのほうが多い。「ねえ、みんなでご

はん食べない？」と、何人かで集まるのはたのしい。たのしいゆえに「アッ、しまった」が意外と発生する。

## 花見もつらいぜ

娯楽が少なかった大昔には、花見は人々のたのしみだったのだろうと思う。

現代では、つらい任務だ……よね？

場所取り役もつらいし、出席者もつらい。まだ肌寒い季節に固い地面やアスファルトにビニールシートを敷いてすわらねばならない。足が冷えやすい人、膝や腰をいためている人にははっきり言って迷惑な行事だ。

人数もつらい。「十人前後」。この人数はつらい。中途半端な数。挨拶だけですまない。さりとてじっくりと話すこともできない。聞き流してすむことば、言い流してすむことばだけを発するようにしなければならない。そもそも花を愛でている人もまずいない。つらい花見だ。

## パーティも疲れる

人がたくさんいるが、だれとも会話できない。たくさんの人のあいだを名刺が行き交う。名刺、名刺、名刺。だがその90％は、後日に見ると、顔が思い出せない。

ということは、逆に言えば、

『閑《しずけ》さや　岩にしみ入る　蝉《せみ》の声』

の境地でいられる。誰かと知り合おう語り合おうと思わなければ。

それに、立派なホテルの立派な料理をもくもくと食べられるチャンスとみられないこともない。ただ、もくもくと食べるためには、目立たないようにしていないとならない。つまり、みんながしているような格好でいないとならない。髪はくしゃくしゃ、完全ノーメーク、くたびれたジャージと履きたおした運動靴で行ったりすると目立つというか、浮く。多少はちゃんとした服や化粧や髪で行かないとならない。だが、「多少」をするのもメンドウな人間もいる。あー、メンドウだメンドウだ。

## 鮨屋は喫煙室

ファストフードやスーパーのフードコートのような所は別として、私が外食をするようになったのは大学生以降である。

大学生のころは、一日の食費を決めておき、予定より少なくすませられた日には、その金額をコーラの一リットル瓶に貯金していた。それが貯まると鮨屋に行った。金額的におきまりの盛り合わせしか食べられなかったが、鮨屋には必ず一人で行った。現在も、基本的に鮨屋は一人が好きだ。私の脳は低スペックでシングルタスクなので、しゃべるのに集中するのと食べ物の味を味わうのと、両方同時にできないからである。

どんな魚をどう切ってあるか、どう盛ってあるか、玉子をどんな色合いに焼いてあるか、生姜の酢のあんばいは、などなど、じっくり観察しながら味を味わうためには一人でないとできないではないか。一口入魂《いっこうにゅうこん》（一球入魂のもじり）で食べたいのである。

とくに二十代前半のころは、まだ魚の種類もよく知らなかったし、どんな形状でどんな味なのかも知らなかったから、鮨屋に行くたび、舌と喉の冒険だった。もちろん財布にとっても大冒険だった。

鮨屋は高い。私が大学生だったころは、回転寿司が今ほどあちこちになかった。政治家や人気芸能人が行くような高級鮨屋ではなく、町のお鮨屋さんという感じの店に入っていたが、それでも入るためには毎月、空き瓶に「外食貯金」をして、それが貯まらないと行けなかった。

老人デビューの今は、学生のころより経済的余裕ができた。だが、こんどは鮨屋というところが苦手になった。

カウンターに居合わせたお客さんたちと店主が形成するサロン的なものの空気を読むのがおっくうだ。一人っ子で団体行動が苦手な者には煩《うるさ》い。

「注文だけして、他の客とは何も話さないでいればいいではないか」

と思うだろう？　私もそう思うよ。じっさい、そうしていた。ところが鮨屋というところは、そういうわけにはいかなくなるのだ。注文だけして、もくもくと食べていると、「なんなんだ、あの客？」という視線が、じわじわ向けられてくる。じじつ、次に同じ店に行くと、「お客さん、変わってますね、って、このあいだ、ほかのお客さんが言ってましたよ」と言われ、その店は安くておいしかったから、しかたなく、次からは、サロンの空気を読んで、社交に気をつかっていた。

そんなことはものともしないマイペースな、常に内側に自信を湛《たた》えた方もおられるかもしれないが、小心で、常に内側に劣等感を湛えた者（私のことね）は、この視線に負ける。客のだれかの発言に、店主が笑えば、「あ、ここは笑わないといけないんだな」と、ちっともおかしくなくても（例＝ゴルフネタなど）、笑っておく。そうすると、ゴルフのことを話しかけられたりする。高い金を払って気疲れして店を出るはめになる。

とはいえ、この種の気疲れはカウンター主体の、常連客の多い店にはつきものだ。鮨屋にかぎったことではない。

鮨屋が苦手な第一の理由、それはタバコと香水。

なぜか鮨屋には、ヘビーゴルフラヴァー（きょうれつにゴルフが好き）で、ヘビースモーカー（きょうれつにタバコを吸い続ける）で、ヘビーフレグランサー（きょうれつ香水をつける）な人が集まる。

うちヘビーフレグランサーについて補足する。香水ではない。きょうれつ香水だ。歯磨き粉だって、ヘアムースだって、柔軟剤だって、みんな香水といえば香水だ。そういう香水ではなくて、常軌を逸したきょうれつ香水。キーンとこめかみを刺激してくるほどの強い香水。入り口の戸を開ける前に、入り口の手前に立っただけでにおいがするほどの、一瓶ぜんぶ全身につけてきたようなきょうれつ香水をつけている人が、女性だけでなく男性にも多いのが、なぜか鮨屋。……いや、正確に言わねばならない。たまたま私が入った店が、いつも偶然、きょうれつタバコ＋きょうれつ香水が充満していたので、私は鮨屋が苦手になった。

## みんなでワイワイするのに最適な場所

クラス会、同期会、ママパパ会、ジムやカルチャーセンターでの会、などなど。十人くらいで集まろうという会は、なかなか難しい。食べるのと、話すのと、両方いっしょには、なかなかできない。

・料理を味わう
・じっくり話をする

この二つを、同時にするなら、

・料理をテキトーにしか味わわず
・話もテキトーにしかしない

ことでクリアするしかない。

ということは、十人くらいで集まる会を、イタリアンやフレンチのそこそこの店にすると、そこそこの金額を払うのに、テキトーにしか料理を味わえないことになる。かつ、みんなんとか時間的な都合をつけて同じ場所に集まるという貴重な機会に、ただテキトーな会話で流してしまった、という結果になる。

これ、もったいなくないですか？

クラス会など、とくにそう感じるんですが。

郷里から出ている者の場合、同級生と会うとなると、日程調整してホテルをとって新幹線をとって乗って出席しないとならないので、そんなときは、同席者としゃべりたいと切望する。これはなにもディスカッションをしたいというのではなくて、たわいないことでよい。でも、ちゃんとみんなの顔が見えて声が聞ける状態でしゃべりたい。

みんなでいろんなことをしゃべるのなら、ごくごく飲めるアルコール度数の低い酒か、ソフトドリンクがあって、ちょっとつまめる食べ物があればよい。

といって、格安居酒屋だと、やかましくて声が聞き取れない。それに地方の町は「車ナシではどこにも行けない」状態になっているから、クラス会をしたってだれも飲まない。タバコも臭い。

そこで提案。

カラオケボックスだ。

歌うのではない！

部屋として利用する。

小さな町だと持ち込み可のところもあるし、ちょっと大きな町なら、「ピザやパスタやサラダが意外なほどおいしく、デザート類が充実していて、ソフトドリンクも飲み放題」

というカラオケボックスもある。

先日はクラス会を地方の町でおこなったのだが、五時間利用して飲食込みで一人2000円くらいだった。

カラオケボックスの最大の長所は、各室が防音なので、

「出席者の話すことが、聞き取りやすい」

ことだ。在校時代からおとなしいコが、遠慮がちにちょっと発言しても、みんなでリアクションできる。在校時代から元気な奴の発言はもちろんよく聞こえる。みな笑う。部屋が狭いのも、料理が手軽なものばかりなのも、そのほうがかえって、たのしく、しゃべりやすいのだった。

大きな町なら車移動ではないから、酒を飲みたい人は飲める。みんなでワイワイするのにカラオケボックス。おすすめです。

# 禁煙条例よりカミングアウト条例を

タバコが好きなら吸えばよい。タクシー全面禁煙はばかげている。飲食店全部を禁煙にする必要などない。こう思っている。

「えっ」

一部の人が声を出すかもしれない。一部とは？　日頃プライベートで交流のある人＋この本の他ページで禁煙の店を選ぶ項目を読んだ人。これらの人のあいだで、私は「嫌煙家」として受け取られているからである。

たしかに私は禁煙の店や施設にしか行かない。理由は二つ。

❶食べること、とりわけ香味野菜が大好きなので、タバコをそばで吸われると香りがわか

らなくなるから。

❷タバコの煙を吸うと翌日に咳が出てとまらなくなるから。

でも、タクシー全面禁煙はばかげているし、飲食店全部を禁煙にする必要などないと、断固として言う。

タバコの臭いの中でごはんを食べたい人だっている。酒を飲んでタバコを吸いたい人だっている。タバコを吸いながらでないとジャズを聞きたくないという人だっている。飲食店がどこも禁煙になったら困る人がいる。じっさいのところ、タクシーが全面禁煙になって困っている人が増えたじゃないか。

だからこそ大嫌いなのは、「店を禁煙にしたら客が減る、と訴える店主」だ。

ごにょごにょしているからだ。

「わたしはタバコが大好きです。わたしの店にはタバコ好きな人に来てほしいです」と、堂々とカミングアウトすればよいではないか。

「店を禁煙にすると客が減る」という都への抗議は、まちがっている。

JT全国たばこ喫煙者率調査によると現在（2018年）の成人男性喫煙率は27・8％。女性は8・7％だそうだ。30代〜50代の男性にかぎっても喫煙率は35％前後である。

8・7％の女だけが外食をしているのか？　35％の男だけが酒場に行ってるのか？　そ

うではないだろう。

タバコを吸わない65％の男と91・3％の女は、吸わないのに、ある店が禁煙宣言するとその店には行かなくなるのか？　そうではないだろう。

世の中には、タバコが大好き・好き・ふつう・嫌い・大嫌い、いろんな人が暮らしているのだ。タバコが大好きではない人が飲食店に求めることは、味がおいしい・立地的に便利・値段が妥当・店員が感じよい等々であって、タバコが吸えることではないのだから、店が禁煙になったところで、さしたる影響はないはずである。

だから先のような店主が抗議するなら、

「店を禁煙にすると客が減る」

ではなく、

「店を禁煙にするとタバコ好きの客が減る」

と正確に抗議するべきだ。

私自身はタバコが苦手だが、タバコが大好きだという嗜好もあるのだから、愛煙家たるもの、なにをごにょごにょ言っているのだ。

「タバコが嫌いな奴は、うちの店に来ないでくれ。とっとと帰った帰った」

と、店主自らタバコを二十本くらい口にくわえて吸って、ゴジラのようにゴーッと煙を吐くくらいのことをせんか。

〈喫煙者優先の店〉という看板を大きく出したらよいのだ。店主がタバコが好きなのだから、客もタバコ好きを優先すればよい。65％のほうではなく35％を大切にするのは、とてもとても大切なことではないか。堂々としててくれ。

＊

以前、品川の某ホテルのラウンジを利用したとき、タバコ臭くて咳が出て、「このホテルのラウンジは喫煙者優先なんですね」とホテルの人に言った。すると、ちょっと地位が高いふうな人がやってきて、「喫煙者を、べつに優先しているわけではございませんで……」と、ごにょごにょ言った。このとき私は、いつになく、

「ごにょごにょ言わないでほしいです」

と、大きな声で返してしまった。

私こそいつも、ごにょごにょした話し方で、中森明菜より小さい声で、くよくよ後悔ばかりしている人間なのに、このときは、いつになく大きな声を出した。筋としておかしいからだ。タバコの煙と臭いは、吸わない客の鼻と喉にも、うむをいわさず流し込まれてくるのだから、禁煙でないなら喫煙者優先のホテルラウンジである。

それでいいではないか！

もし経営者が、喫煙者を優先したいのなら、それでいいではないか。「おっしゃるとおり、当ホテルは愛煙家のことをまず考えておりまして、ラウンジもおタバコをお吸いになる方を優先させていただいております」と言えばいい。こうごにょごにょした態度をとらないでほしい。

「従業員は体調上、禁煙にしてほしいとよく言うし、お客さんだって今はタバコを吸わない人が多いから、店頭（やラウンジ入り口）に禁煙マークを出したいが、でも、そうするとタバコを吸うお客さんから文句言われるし、そんならまあ、なんとも言わないで、なんとなくにしといて……」

といった、この、残尿感のような、ごにょごにょした態度。いやだ。残尿感いやーっ。

＊

経営者にこうした残尿感的態度をとらせる原因は？

タバコを吸わない人にあるのではないか。

意外かもしれないが、実は「禁煙を望んでいる人」が、原因の一つではないかと、私は思うのである。

タバコを吸いたい人の多くが、店（やラウンジ）が禁煙だと、「なんだよ、禁煙なのか。ならいいよ」「禁煙にするなら、もうこの店には来ないよ」「タバコが吸えないとはなにごとだ」等々、自分の気持ちをはっきりとことばにする。

かたや、タバコを吸わない人や禁煙席がよいと思っている人の多くが、店（やラウンジ）が禁煙であることに、「まあ、禁煙なのね、うれしい」「おお、禁煙とはありがたい」「禁煙だから来たよ」等々、自分の気持ちをことばにしない。

だから店（やホテル）側は、大きく聞こえてきた意見に、どうしても耳を傾けてしまい、残尿感的態度をとってしまう。

「日本では飲食店やラウンジの全面禁煙化がなかなか進まない」のは、タバコ云々《うんぬん》の前に、「うれしいこと、よいこと、きれいなこと、魅力的なこと等々を、当の相手に正面切って伝えること」を「恥ずかしい」と思う日本人的特徴が一因なのではないか。私はそう思うのである。

その結果、「なんだよ、タバコが吸えねえのかよ！」だけが経営者に届き、「なんだよ、タバコが吸えるのかよ！」は届いていない。これが原因ではないかと。

タバコの臭いのしないところでワインやウィスキーやコーヒーや紅茶を飲みたい人に、私は切に頼みたい。この希望が叶う店には、うれしかった気持ちを声を大きくして伝えてくださいと。叶わなかった店には、残念な旨、伝えてくださいと。

＊

世の中にはタバコが嫌いな人も、好きな人もいる。

なにも条例で全部を統制しなくてよい。

禁煙の店とタクシー、タバコOKの店とタクシー、両方あったらよい。

私が求めたいことは、パッとわかること、だ。

客（利用者）にとって、その店が（その車が）、禁煙なのかタバコOKなのかが、ひとめでパッとわかるようにしてほしい。客（利用者）の好みでパッと選択できるようにしてほしい。

これが道理ではないか？

飲食店全面禁煙の条例より、飲食店店主カミングアウト条例だと、私は思う。分煙含め、タバコOKの店は、

〈喫煙者優先の店〉

というステッカーを必ず貼れ。でかでかと貼れ。旗を立ててもよい。

分煙＝席わけ分煙。完全仕切り分煙の店は禁煙の店に含める
店主もタバコ大好き。客もタバコ大好き。店中タバコ大好き。すべての料理はタバコの臭い付き。

何が悪い。それが好きな人が集まっているのだからいいではないか。〈喫煙者優先の店〉ステッカーを貼るカミングアウト条例なら、ステッカーを貼るスペースさえあればいいの

だから、店の面積がどうの、設備工事費がどうのという問題はすべてクリアできる。それを見て、客（利用者）が判断したらよい。

＊

カミングアウト条例で、これにて一件落着としたいところだが……。

大将問題が残るのである。

実はこの問題こそが、タクシー全面禁煙条例を生んだにちがいないと私は見ている。

タクシーは、大勢が一度に利用する電車やバスとちがって、「かぎられた空間を、一定時間、客（利用者）が買う」乗り物である。なら、タバコOKのタクシーがあっても、タバコ苦手な人は乗らなければいいのだから、各々の権利を侵害しない……はずなのだが、そうはいかないのが現実なのだろうと想像するのである。

たとえば、タバコ大好きな専務と、喘息《ぜんそく》の新入社員がタクシーに同乗する。専務が「きみ、ぼくはタバコを吸うが、きみはタバコはだいじょうぶかい？」と訊いてくれたとしても、喘息の新入社員は「ど、どうぞ……」と答えざるをえないのが現実だろう。

だが、こんなふうに訊いてくれる専務なら、部下が「ど、どうぞ」と答えながらも、車内ではげしく咳き込んだら、「おっと、きみはタバコがだめだったんだね」「す、すみません、ぼ、ぼくはぜ、喘息で、ごほっごほっ」「そいつぁ、悪かった。遠慮せずに言ってくれたらよかったのに。ごめんごめん」とかなんとか、タバコをやめるだろう。

問題は大将神経の人だ。

自分がタバコ大好きなら、ほかの人が妊婦だろうが子供だろうが喘息患者だろうが、吸ってもよいのだとしか発想しない、お山の大将的神経の持ち主。こんな人が、自分より立場が上にある関係性の人だったして、そんな大将とタクシーに同乗したら？　こみあげる吐き気も、咳も、必死でガマンしなければならない。

下っぱ社員の苦しい気持ちを、私も体験している。

某出版社は社長が愛煙家である。社屋は社食も会議室も全面喫煙可。妊娠三カ月の編集者も、タバコの煙もくもくの会議に出席しなければならない。打ち合わせのためにこの会社に行くと、受付どころか、玄関先からパチンコ屋の臭いがしてくる。部屋に通されると、同席する編集者がだれも吸わずとも、部屋の壁、カーペット、椅子の布に長年にわたりしみこんだタバコの臭いがもうれつで、しみこみ臭のために咳き込むのである。村上春樹さんなら「こんな環境はどうにかしてくれたまえ」と希望を伝えられるのだろうが、私ごときの売れゆきの者では、そんな希望を伝えるなどめっそうもない。

こうした「やめてとは言えない関係性」が、かつてのタクシー現場（電車・バス現場、映画館現場、そして病院待合室現場でさえ！）だったのである。私が高校生のころまでは、診察室で診察してくれるお医者さんが銜《くわ》えタバコで聴診器をあてていた。

タクシー全面禁煙条例は、吸いたい自由だとか、個人の嗜好への侵害だとかいうことではなく、イマジンロスな大将になんとか吸わずにいてもらうための涙ぐましい条例として機能しているのではないだろうか。

イマジンロス＝東京ビューティクリニックの、薄毛治療のCMで使われている「ヘアロス」にかけた造語。想像力がロス。

大将問題は、飲食店についても同様であろう。妊婦も呼吸器疾患患者も、大将がタバコ大好きなら、子分は「タバコは苦手です」とは言えない。これが日本的な現状であろう。〈喫煙者優先の店〉のステッカーを見て、「おっ、いいね。ここにしよう、ここだここだ」とお山の大将が入れば、子分はつき従って入店し、ひたすらタバコ臭に耐えながら食事をせねばならない。他の国ではどうかわからないが、これが「なんだかんだいっても、そういうもんだからさ……」な日本的現状であろう。

「そういうもんだからさ……」という曖昧さキープ、ファジー機能な風習は、日本的なおくゆかしさ、古風な美徳ともなりえるのだが、下手すると、残尿感的態度になったり、こうした非合理となって現れる。

❶タクシー全面禁煙は全国的に進みつつある（イマジンロス大将のせいで）。

❷ＪＴの調査も、国立がん研究センターの調査も、日本ではタバコを吸う人が減ったという結果だった。喫煙率は男女平均するとギリ18％に達しない。
❸それなのに飲食店全面禁煙は進まない。

ということは、

「タバコの臭いがしない場所でごはんを食べたい、タバコの臭いのしないところでウィスキーやワインの香りをたのしみたい、という人は日本には、とても少ない」

ということになる。


とてもとてもとても、ふしぎなことである。

日本人の大半は鼻が悪いのだろうか？　それとも、日本人の大半はタバコの臭いのついた飲食物をおいしいと思う嗜好なのだろうか？

# いい店とは？

飲食をテーマにする雑誌から質問をされた。

〈あなたにとって《いい店》とは、どんな店ですか？〉

回答した。

〈まとわりつかない店〉

と。「いい味」を問う質問なら、ちがう回答をしただろう。「いい店」を問う質問だったから、この回答になった。

〈まとわりつかない店〉とは、どんな店か？

反対側から話そう。

読者諸賢にお伺いする。

〈あなたにとって《よくない店》とは、どんな店ですか？〉

と。「まずい店」「かんじ悪い店」といった回答が上位に来て、「高い店」も入るだろうか。

しかし、「まずい」というのは味のことである。なにをもって良い味かというと、ようするに「自分が好きな味」だということだ。まずい（自分の好みの味ではない）のに、この値段なのかと思うと、「高い」と感じるし、おいしい（自分の好みの味）なら、「こんなにおいしいなら、この値段も妥当だ」と感じる。

なによりも、「かんじ悪い店」だとまずく感じる。「かんじよい店」だとおいしく感じたり、あるいはまあまあでも「今日はたまたま混んでたからだろう」などと、かばってみたりする。「かんじ」は大事だ。飲食店では最重要だ。

では「かんじ悪い店」とは？

不潔な店だ。これは断言してもよかろう。多く同意を得られるはず。不潔な店はかんじ悪い。トイレの便器を洗ったブラシで、グラスも洗うような店。

「う、うーん……。そ、そりゃそうですけどね、ただ、そんなのはもはや、不潔な店どうのという以前のレベルではないでしょうか？」

と言う人も、中にはいるかもしれない。

だが、中国のシェラトンホテル、シャングリラ、リッツカールトン、フォーシンズンズ、コンラッドの五ツ星ホテルで、客室清掃係が、トイレの便器を洗ったブラシで、冷蔵庫わきや洗面所に備えつけてあるグラスも洗い、毛布カバーは手でシワをのばすだけで、前客が使ったのをクリーニングすることなくそのまま使用する――このようすが隠し撮りされて、その、身の毛もよだつような動画がネットで公開されて、大騒ぎになったのだ。

わが国においても、客から見えないところでは、似たようなことがおこなわれているかもしれない。なきこと祈る。

都内の、街の名を明かしたら全国的にも知られたところにある、有名人がよく来ることでも有名な鮨店に勤める知人から聞いたことだが、この店では、おしぼりを、店の洗濯機で洗う。そのさい塩素系漂白剤を用いる。「洗い」を十分、そのあとは「すすぎ」はナシで、「脱水」を三分して、それをそのまま、おしぼりトレーにのせて出したり、おしぼりが切れたときは、前の客の使ったのをささっと水道水で洗ってしぼって、シュッと室内用フレグランススプレーを吹きかけて、出すのだそうだ。調理場でゴキブリを見つけたときは、おしぼりでギュッと押しつぶして殺すことも、ちょくちょくあるという。そういうおしぼりを、このような処理のみで、お客に出しているのだそうだ。

このことを彼から聞いて以来、私は袋に入っていない、トレーにのせて、なにやらフレグランシー（造語）なタオル状のおしぼりには猜疑《さいぎ》の目を向け、こういうおしぼりで顔を拭いている客には哀れみの眼差しを向けるようになった。

お客から見えないところでの衛生管理ならびに状態は、見えないのだからお客にはわからないのではあるが、垣間見ることができるポイントとしてはトイレだ。

トイレがうす暗い店はいい気分がしない。掃除が行き届いているのかいないのかが、店側も確認しづらいではないか？

会計をすませた従業員が、そのあと手を洗うかどうか、私は京都のお姑さんのようにじーっと観察しているが、お金をさわった手で、そのまま調理をするのをちょくちょく見る。

そして……（これは別のエッセイ集にすでに書いたが）とある鮨チェーン店の制服を着た従業員は、毎日、昼休みの遊歩道のベンチで鼻くそをほじっている。ほじっては、歩く人のほうに指ではじいている。そのチェーン店が出すものは鮨である。鮨を握る人間であることが通行人にもわかる、店名入りの制服で、鼻くそをほじっていて平気な従業員のいる店。とうていそこに行く気分になれない……。

失敬。かかる例ばかり挙げつづけると、

「しかおぼすは理《ことわり》なれど、もすこし一般的な例にしてくださらぬか」

との声が出るだろうから、このあたりでやめておく。

＊

私が思う「かんじ悪い店」は、公正さを欠いた店である。

たとえば、あなたが予約できない店に行く。二組ほど待っている。三組目にあなたは並ぶ。そこへ有名な芸能人だとかスポーツ選手がやって来る。すると、先の二組もあなたも飛ばして、彼らを先に入店させる。

たとえば、あなたがついた席が、有名な芸能人だとかスポーツ選手の隣だったとする。あなたと有名人は、偶然、同じものを注文したとする。ところが、隣の席のほうの盛りつけのほうが丁寧かつ量も多く、部位もよく、なのに値段は隣の席のほうが安かった。

こんなふうな店が、公正さを欠いた店だ。ギャグ漫画のようだが、けっこう実在する。

そもそも待ち順番を抜かして入店させられても、させられたほうはうれしくないだろう？　なんとかカードのプラチナ会員様は、カードのご提示で待ち順番が優先されますとか、株主特典として、あそこやここのレストランでは順番優先されますとか、公正な優待ルールがある場合は話も別だ。が、そうしたルールもないのに優先されて、されたほうはうれしい？　……のだろうか？？

「店として客が」ではなく、「社会人として社会人が」、うれしくないことはしない。これが礼儀正しいということだ。公正であるということは、礼儀正しいということでもあると思う。

「かんじの良い店」というのは、礼儀正しい（＝公正である）。

清潔で公正でかんじの良い店に、あなたがめぐりあうとする。

頻繁に通うようになるとする。

頻繁に通うようになっても、店側とあなたとのあいだに距離が保たれつづけるなら、これが「いい店」だと、私は思う。

入れば、店はあなたが「よく来る人」だと知っている。笑顔で「いらっしゃい」と迎えてくれる。あなたは席にすわる。すわって、ただ、酒を飲んだり食べたりしていられる店。これが距離が保たれている、ということである。

店主や店員にウケる話をしないとならない店（しないといけないのではないかと思わせてしまう店）。居合わせた他の客と小粋な会話を交わさないとならない店（交わさないとならないのではないかと思わせてしまう店）。こういう店は、距離が保たれない店だ。

距離の縮まりを、なじみや親しみと感じる嗜好もあるだろう。こればかりは人それぞれの嗜好であるから、縮まることを望む人にとっては、縮まる店が《いい店》であろう。あくまでも私の嗜好としては、距離が保たれない店は苦手だ。「サラダにはドレッシングはかけずに」とか「値段を割増にしていいので、クレソンを多めにしてください」とか、カスタムメイド（常識の範囲内でのカスタムメイド）が言いやすいくらいの距離にずーっと留《とど》まっている店。

こういう店を、「まとわりつかない店」だと、私は感じ、「まとわりつかない店」が私にとって「いい店」である。

よって、有名レストランガイドで「★」がたくさんついた喫煙可の狭い店より、どこか完全禁煙の定食屋チェーンの、広い面積の店舗で、おかずを単品注文して、熱燗をつけて、一人でぼーっと飲めるほうが、ずっと、「ああ、ここはいい店だなあ」と感じる。

## 《いい店、たとえばココ》

いいと思う店ぜんぶを挙げるわけにもいかない。滋賀県にある二店を挙げる。いつも京都の陰に隠れてしまって残念な滋賀県なので、べつに滋賀県から頼まれたわけでもないのに勝手にアピールする。

和食『あらい』と肉料理『ティファニー』。どちらも、なんと！　特筆的！　驚異的！　希有！　な「完全禁煙」だ。

「大袈裟な」と思うのは都会人。2019年の現在でも、地方では、完全禁煙のレストランは三毛猫の牡くらい珍しい。『ティファニー』も三階の個室座敷は喫煙可で、「どうしたって、なにがなんでもタバコ臭の中で飲食しないといやだ」という嗜好の人は、地方では圧倒的多数なのである。もしくは、そういう人の嗜好のほうが優先されるのである、と言うべきか。

和食の『あらい』さん。ここで別ページで書いた「さかのぼりコース和食」をやってくれないものか（祈）。『ティファニー』は宝石店ではなくてステーキやしゃぶしゃぶのお店なんだが、サラダがひそかに魅力。席と席が離れているのもよい。

どちらの店も、店の人が話しかけてこない。でも、注文すれば親切に応じてくれる。実に「まとわりつかない店」だ。

## 「店検索サイト」に望むこと

ぐるなび、食べログ、美味案内、ヒトサラ、ホットペッパーグルメ等々。飲食店を検索するサイトがいくつかある。店検索サイト、と略そう。

外出先で自分のいる場所の周辺に、食べたい料理のジャンルの店があるかどうかを知りたいとき。忘年会や歓迎会の幹事をまかされたとき。会食に指定された店に行くにあたり場所と道順を知りたいとき。こうしたときに、店検索サイトは便利だ。インターネットが普及する前にはなかった便利さである。

店検索サイトの大半が、その店に行って飲食した人からの感想を、「口コミ」とか「レビュー」などとして、紹介している。

食べ物について、人の感想を聞くのが私は大好きだ。食べ物をテーマにした随筆を読むのもさることながら、友人知人が「ビールはヱビスにかぎる」とか「サンマは好きだがイワシはキライだ」とか「どこそこの店のなにそれが、こうこうでよかった」などと熱心にしゃべってくれると、うれしくてならない。聞き入ってしまって、うっかり、次の用事に遅れるくらいだ。

だがこうした話は、「読みもの」「聞きもの」として、ゆっくり読んでたのしいものである。冒頭に挙げたような状況では、実務的に「検索」するので「口コミ」や「レビュー」には、情報として便利なことを書いてほしい。みなさん、どうも、お料理の味について熱弁をふるわれる傾向があり、すると、不便になることがある。

くりかえすけれども、食べ物の味についての人の感想を聞くのはおもしろいし、各人の嗜好の差も興味深い。「読みもの」「聞きもの」としては、主観的であるほどおもしろい。だが、「情報」としては、客観的であるほど便利だ。

ある店の料理の味について評点をつけるといっても、主観的な点数しかつけられない。またくりかえすけれども、おいしい・おいしくないは個人の好みによる。同じ人でも、その時の体調や気分で感じ方が違うこともある。

それに、外出して、店に入って、食事をして、そのあと、わざわざ投稿などというメンドウなことをするとなると、来店客のうち、投稿が好きな人（性格）になってくるだろうし、あるいは、インターネットというものに幼少時から慣れ親しんだ世代（年齢）に偏りがちだ。つまり、採点者の性格と年齢に偏りのある評点になってしまう。

どうだろう。もうちょっと実用的・客観的な店検索サイトができてくれないものか。

目下の店検索サイトで、不便な最大点を挙げよう。

❶タバコ状況がすぐにわからない
❷トイレ状況がわからない
❸天井状況がまったくわからない

である。この三点は、飲食店の居心地のよさを決定する大事なファクターである。しかも、「おいしい」「まずい」「かんじ悪い」といった主観ではなく、ただ事実を他者に伝えることができる。客観で点数をつけることができる。以下に詳述しよう。

❶タバコ状況

店検索サイトで、料理ジャンルや予算で調べていくうち、途中から、この店はタバコは吸えるのかどうかを調べようとすると、わかりにくい店検索サイトが多い。「全席喫煙可」

とか「完全禁煙」という表示が、スクロールを重ねてやっと出てくれば、まだいいほうで、タバコについてどうなのか、まったく表示されていない店も多い。

「分煙」の場合は、「完全分煙」すなわち壁とドアで囲ってあるのか、たんに席を分けただけの「席わけ分煙（別名・意味なし分煙）」なのか、店検索サイト運営側も表示する項目を店側に依頼してほしいし、行った人はこうしたことを口コミ投稿してほしい。

❷トイレ状況

トイレは男女別なのか。男女兼用なのか。車椅子は入れるのか。掃除が行き届いているか。照明は明るいか。検索してもわからないことが大半だ。

「その店の精神はトイレに表れる」

といっても過言ではない。

店主の気骨と気遣いが、最も出る場所、それがその店のトイレだ。「いい店」かどうかの分岐項目といってもよい。植村花菜さんには、ぜひ、この精神を歌にして、次のヒット曲を出していただきたい。

みんなの口コミにも、「トイレにあぶらとり紙と爪楊枝とマウスウォッシュ剤あり」とか「トイレは使い捨てペーパータオルではなく、すべての客が同じ一枚を使う布タオル」とかいったトイレ状況に言及したことを書いて投稿してほしい。

### ❸天井状況

天井が高いかどうか。実はものすごく重要なポイントなのである。

天井が低い店は、同席者の声が聞き取りづらい。なのに、他の客の話し声はものすごく筒抜けになる。つまり、うるさい。

とくに次←の構造の店はうるさい。

→のような、全体的に細長い店だとする。手前に出入り口があって、突き当たりに厨房があって、細長いスペースに席が設けられた店で、これの天井が低いと、さして混んでいないときでも、空気が通りにくいせいなのかやかましい。

やかましいから各人がさらに声を大きくし、その声が低い天井にぶつかり、跳ね返り、もっとやかましくなる。最近は、五人以上の若めの団体客は、ＴＶの雛壇《ひなだん》芸人に影響されているのか、やたらに手をパンパンと叩く（例＝「まじ、ウケる〜」パンパン）ので、さらにやかましくなる。

しかし、東京や大阪や名古屋のような地価の高い街だと、この構造にならざるをえないケースが多く、やかましさで頭がクラクラしてくる店がよくある。

天井が高いことは、「いい店」のための重要項目だと思うが、国土面積の狭い日本では、店主やスタッフの気骨や気遣いだけではいかんともしがたい項目ではある。

それでも、吸音材を使うなどの工夫がなされている店があるかもしれない。地方なら天井が高い店があるかもしれない。

こんな店を発見されたら、ぜひ口コミに投稿してほしい。

というわけで、タバコ、トイレ、天井の状況に加えて、食器やテーブルクロスの洗い方、従業員の爪や指輪、消毒液の設置、等々——こうしたことは主観ではなく客観的にチェックできることなので、こうした項目を中心に紹介する店検索サイトができてくれるとよいと思う。

# ほどほどが肝心

『ワカコ酒』という漫画がある。

「ワカメ酒」という隠語（というか「艶語」とでもいうべきか）にひっかけてある。と、私は思ったが、メイン読者であろう現代の二十代女性は思わなかった（と思う）。幕末明治のころに遊廓で人気があったという遊びについて、そう知られてはいないだろうから。それに、もし検索して知ったところで、幕末明治の女性と現代女性とでは感覚が違うから、「へー、そーなんだー」ていどであろう。私も、幕末明治の女性と比べたら現代女性なので、「ワカメ酒」について、思春期のころに何かで読んで知ったとき、「へー、そーなんだー」でオワリだった。

『ワカコ酒』の主人公は、二十六歳のＯＬさん。決してキャラのたったオフィス・レディではない。行く店も、注文する酒と肴も、ゲッという所だったり、エエッという組み合わせだったりするわけではない。おだやかに肴をつまみながら、お酒を飲むという漫画である。これがウケた。

たぶん、主人公が一人で飲むからではないだろうか。女性が一人で、飲食店に行って、一人でたのしく飲む、ということが、ウケたのではないかな。

個性派だとかバリバリだとかいったタイプではなく、自分と（漫画読者と）似たような、ふんわかした女性が、酒を飲むのをメインとする店に、一人で行く。この行為が、「できそうで、なかなかできない、ちょっぴりあこがれる」的なかんじでウケたのではないかなと。

女性が、一人で、店で酒を飲む……、いや、一人で外食をするという行為。これが、幕末明治ではなく太平洋戦争前でもなく高度経済成長期でもない平成にあっても、「してみたいけど、なんか勇気ないわー」と思う女性がいる……それもけっこうな数いるから「ウケた」という結果になったのではないか。

むろん、ごくあたりまえに一人で外食をする女性もいるわけで（いつも一人、という意味ではなく）、この差はどこから来るのだろう。気になるところだが、この差についてはさておき、「女性一人で飲み屋に行く」ことについて、

「女一人だと、男客から声をかけられてめんどうなことになりませんか？」

という主旨の質問をされたことがある。一人で飲み屋で飲んでいる女性に会ったことがないという男性から一度。一人で飲み屋に行ったことがない女性から三度。

「私の経験ではありませんでした」

と答えた。現在の私は、若いころより体力が落ちて、飲酒にかかわらず、外食という行動がおっくうだ。夜になると疲れてくるので家で飲む。

若いころは、よく一人で飲み屋に行った。一人でカラオケ、一人で焼き肉も、よくした。一人ディズニーランド（本家アメリカの）もした。一人っ子で鍵っ子なので、一人でなにかするのがデフォルトだ。

で、一人で飲んでいる女性客に、男性は声をかけない。ぜったいかけないわけではないだろうが、かなりかけにくい。と、私は思う。「それはあなたの外見に難があるからだ」と言われればそれまでだが、男が（ナンパ目的で）声をかけるのは、一人で飲んでいる女（一人でいる女）ではなく、二人で飲んでいる（二人で連れ立っている）女であることのほうが、圧倒的に多いと思うのである。ナンパ目的でなくとも、カウンターの店で店主がたんなる世間話をしてくるのだって、一人で来ている女性客ではなく、二人で来ている女性客である。私の経験だから、昔の時代の経験になるかもしれないが。

『ワカコ酒』が多数の女性読者に受容された理由がもし、右記で私が想像したようなことだったとしたら、一人で飲み屋に来る女というのは少数派なわけで、男だから女だからということではなく、人というものは少数派な人や事態やモノに出くわすと、違和感や警戒心のようなものを抱いてしまうため、接近を避ける心理が働く。よって、「一人で飲んでいると男性客から声をかけられてめんどうなことになるのでは」という心配は、そんなにする必要はない。

ただし。一人で、外で、酒を飲むという行為は、防犯上は危ない行為であることはたしかだ。女性だけではなく、男性にとっても。

電車内の座席、公園や遊歩道のベンチで、泥酔して熟睡している、人品卑《じんぴんいや》しからざるサラリーマンを見かけることがたびたびある。高級げなバッグを枕に、高級げな時計をした、バリッとしたスーツ姿のエグゼクティブ年齢のサラリーマンが、ビルの軒下で口の端っこから液体状の吐瀉物をたらしながら、前後不覚に大の字にひっくりかえって爆睡しているのを見かけたことも、一度や二度や五度や十度ではない。

このような状態になっていても、まだ日本では、貴重品を盗まれることは他国より少ないが、それでも、「酔って駅のベンチで寝てしまい、サイフをすられた」という体験をした人は、酒飲みにはときどきいる。近年はもっと物騒になっている。

女性の場合、ここまでの状態にならないように注意する警戒心（自制心）が働くとは思うが、それでも、泥酔したために、路地や電車内で性的な被害に遇う人はときどきいる。

家飲みは家飲みで、いつのまにやらキッチンドリンカーになる危険もある。

だいたい、大酒を飲むと、階段やエスカレーターから滑落、ホームから転落、交通量の激しい道路での転倒などなどの危険が大幅アップする。

酒は基本的に危ないものなのだ。やはり、お酒はほどほどが肝腎。「たしなむ」範囲内にしておこう……反省する秋の夕暮れ。

# 酌をやめてくださらぬか

革ジャン、なのにレースあしらいのフレアスカート。

童顔、なのに巨乳。

黒のトップス、に白のボトムス。

バリバリキャリアウーマン、なのに二人きりのときはメソメソ。

反対（?）のものを組み合わせるのは、人を惹きつける。

日本酒と肴も、濃醇《のうじゅん》甘口にはサッパリしたもの、淡麗辛口にはこってりしたもの、という反対の組み合わせが、わりに定番とされている。

だが、黒Tシャツにインディゴデニム、バリバリキャリアウーマンは二人きりのときに

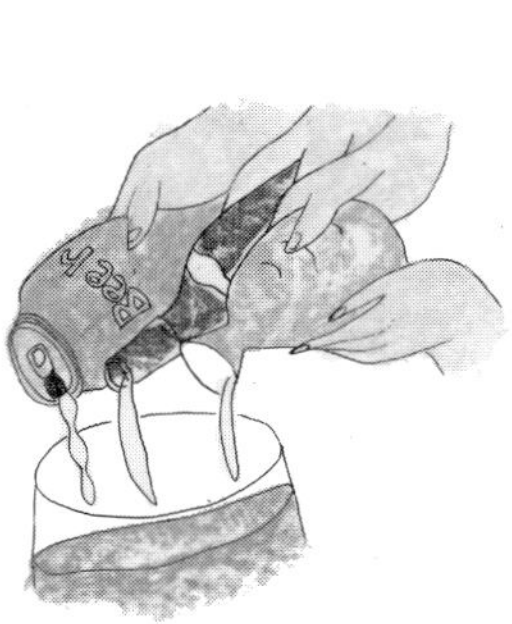

はさらにビシバシ、といった同系で合わせるのが好きな人もいる。

知り合いに、「わたし、『美少年』（熊本の甘口の酒）を飲みながら道明寺餅を食べるのが好き」という女性がいる。「濃＋濃ペア」だ。

私は彼女の逆で、「淡＋淡ペア」で飲食することが、どちらかというと多い。すっきり辛口の『楯野川《たてのかわ》』や『寫樂』の純米大吟醸と、豆腐や白身の刺身のヒメノ式ソース、泉州水なすの水漬物など、あっさりしたものを合わせる。

日本酒の肴や、日本酒の種類については別項にまわすとして、当項では、声を大にして言いたいことがある。

「私は酌をされるのが大嫌いだ！」

考えごとをするのには一人飲みもよいが、気心の知れた相手と、おいしい肴でおいしい酒を酌み交わすのは、最高にたのしい時間である。私など、この時間のために日々を生きているようなものだ。

であるからして、このさい、はっきり言わせていただきたい。

「私は酌をされるのが大嫌いだ！」

と。酌をされるのが好きという人がいるのであれば、そうですかと応じるので、食事スタート時に表明してほしい。自分が酌をされるのが大嫌いなものだから、つい、気配りで酌をしないようにしてしまうため。

酌をされるのが嫌いな理由は、酒の摂取量がわからなくなり、悪酔いする危険があるためだ。

自分に適した量というのが人それぞれにある。自分に適した量を、自分で把握しながら、それぞれが自分に合ったペースで飲もうよと思うのである。

翌日に吐き気や頭痛に襲われては、せっかくの酒と肴が台無しになるではないか。翌日にも「ああ、昨日はおいしかった」と、快感を延長させたいのである。

他人に酒についてなにかするのなら、むしろ悪酔いを防止すべく、「もうやめたほうがいいのではないですか」とか「水も飲んだほうがよいですよ」とか、適度な酒量を超えないように注意喚起すべきであって、他人に酌をするのは、実のところ、他人への気遣いに欠ける行為なのではないか？

酌をするという行為の始まりは、気遣いだったかもしれない。だが、現在では、

❶自分が酒のおかわりをしたくなったため
❷自分が下戸なので手持ち無沙汰のため
❸酌をするのが接待だというマニュアルの丸暗記

この三つのうちのどれかで、「まま、どうぞ」と酌をしているのではないだろうか。

会社員の場合、自分が❸でなくても、上司が❸の気持ちでいるなら、それに合わせて、「まま、どうぞ」をしないとならない。つらいことだろう。

歓迎会や壮行会のときに、席をまわって一人一人に挨拶をするのは、会社員ならそれなりに大事なことだと思うので、だからこそ、酌などやめて、挨拶したらよい。いや、なにか行動がないと日本人はやりにくいというのであれば、チェイサーグラスに水をついでまわって「アルコール一次休憩タイム」にして挨拶をする。これがぜひ、新しい時代の会社マナーにならないものか。

考えなしの酌で、自分のアルコール適正摂取ペースをかき乱され、翌日の体調を崩されてはたまったものではない。

だいたい、酌のなにが嫌いといって、「つぎたし」がいやだ。

憎むべき「つぎたし」。これが摂取ペースを狂わせていく元凶だ。

それにビールやスパークリングワインなどの泡系の酒は、「つぎたし」すると味がまずくなるではないか。「やめろ！」と乱暴に大きな声を出しそうになる。

先日も、ある飲食店で、グラスにはまだ白ワインが半分も入っているのに、店員さんがつぎたそうとする。そっとグラスの上に手をかざすアクションで断った。すると今度は、グラスが空になっても、注いでくれなくなった。次の赤ワインは、同席者五人のうち、私だけ抜かして注いでゆく。えー、私も欲しいのにー。

もう酒を飲みたくないわけではなく、「つぎたし」だけやめてほしい場合にはどうすればいいのだろうか。

通天閣そばの串カツの店には「ソースの二度づけ禁止」という表示が出してあるが、あれを真似て、「つぎたし、だけ、やめて」などと印刷された、はがき大くらいのプレートを、アイデア・グッズとしてだれか売り出してくれないものか。

そこで、すぐに実行できる対策を私はとっている。日本酒を飲むときに、

「お酌しあうのがお好きな方々は、二合徳利でどうぞ。あいすみませんが、わたくしは、一合だけ、それを一人ぶんとしていただきます」

と、頼んでいる。一瞬、「え?」という顔をされるが、「悪酔いすると困るので」とすぐ補足する。とはいえ、

「なるほどと思いますし、よい案だと思いますが、でもねえ、なかなか、言い出せませんよ、そういう希望は」

と言いたくなる人も、きっと大勢おられると思う。だから、こんな理に適った希望が言えないような相手とは飲まず、言える相手とのみ酒は飲みたい。言えない相手と飲むときは、「あ、わたし、ウーロン茶で」

と言う。遠慮や警戒というより、そのほうが、結果的に体調も気分もよいからである。

しかし、こんなふうに、しみじみ思い、人にも勧めるようになったのは、国民年金受給開始にリーチのかかったこの年齢になるまで、酒が原因で体調も気分も劣悪になった体験を繰り返したからにほかならない。

# 日本酒のネーミング

次のような質問には答えないほうがよい。

「御礼に日本酒でも送ろうと思って。好きな銘柄あります？」

「日本酒はどれが好き？」

「日本酒でおすすめはなにかな？」

などなど。

「緑川とか美丈夫《びじょうふ》とか、かなあ」

と迂闊に酒のナマエを口にすると、困った事態が生じる確率が高い。自分が苦手な味の緑川や、自分が嫌いな味の美丈夫が、宅配便で届いたりする。

ナマエは頭に入る。ナマエが緑川ならどの緑川も同じだと思ってしまう。ナマエが美丈夫ならどの美丈夫も同じだと。

私もそうだったし、たいていの人もそうではないかな。ナマエでおぼえる。

ところが、同じナマエでも「本醸造」と「特別本醸造」では味がちがう。同じナマエでも「純米吟醸」と「ひやおろし」では味がちがう。

「きーっ、ウルサイ！」

と思わないか？　日本酒の区分け。

本醸造、上撰、純米、ひやおろし。特別本醸造、佳撰、山廃仕込み、特別純米、吟醸、純米吟醸、大吟醸、純米大吟醸。生酒。

「あっち行って！」

手で払いたくなるよね、この区分け。ほんとにウルサイ。なぜウルサイか？

おぼえにくい（わかりにくい）ネーミングだからだ。

かつて1992年3月末まで、日本酒には、特級・一級・二級という区分けがあった（平成元年に特級はなくなった）。できたのは大日本帝国時代で、戦時下にたくさん酒税をとって戦費にあてるのが目的だった。

特級は、お酒を造るのに向いた米を醸造させてできたやつ。原価も高いし税金も高い。

二級は、酒造り用の米だけでなく、アルコールや糖類を加えて安く仕上げたやつ。原価も安く税金も安い。税金をとる目的で、酒税の高さが品質の高さとイコールになってもいたから、おぼえやすかった（わかりやすかった）。おぼえやすい（わかりやすい）と世間に普及する。

だが、むかしにできたものだから、戦争が終わり、進駐軍もいなくなり、高度経済成長期も過ぎて、時代が変われば、消費者の感覚も醸造現場も変わる。級は税金の安い二級のまま、値段は高い吟醸造り、などという酒が売られるようになった。

そこで、税金は同じで、造り方による区分が生まれた。それが「特定名称酒」である。つまり、本醸造だの特別純米だの吟醸だの、あのウルサイやつ。

これがもし、「小醸造・中醸造・大醸造」とかだったら、ウルサイと思われず、冒頭のような質問（「御礼に日本酒を送ります。何が好きですか」みたいな）の時にもスムーズに進むはずだ。ところが、特定名称酒については、「《特別本醸造》のほうが、《特別》って付いてるんだから、付いてない《純米》より、格が上だよね」

「そんなことない」

「えっ、ちがうの？」

「ちがうわけでもない」

「ちがうわけでもないって、どういうこと？　なにそれ？」
みたいなやりとりがよく交わされる。

おそらく、日本人の（けっこう）多くは、順位を知りたいのである。早く結果を知りたいのである。「講釈ナシで、上等なのはどれか知りたい」「講釈ナシで、値段の見当をつけたい」のである。だから、「吟醸」と「大吟醸」のように「大」が付いているか付いていないか、「本醸造」と「特別本醸造」のように「特別」が付いているか付いていないか、に目を奪われてしまう。もしかしたら順位付けが好きな国民性なのかもしれない。「売れてますランキング」を知りたがるし。

だが、特定名称というのは、上等か上等でないか、値段が高いか安いか、の差ではなく、その酒の造り方を説明するものなのである。区分けではなく、ガイドなのだ。その酒の性格（味わい、個性）を、お客さん（消費者）にガイドするものなのだ。

といっても味は主観によるので、なんとな〜くのガイドであって、つまりは、じっさいに飲んでみるしかない。

であるなら、ここはひとつ、特定名称酒について、もっとわかりやすい（おぼえやすい）ネーミングを考えようではないか。

◆まず、日本酒には、普通酒と特定名称酒がある。
違いは、原料となる米粒《こめつぶ》を、ちょっと削ってるか、だいぶ削ってるか。細かく言えばイロイロあるんだろうが、大まかに言うと、ちょっと削ってるのが普通酒。だいぶ削ってるのが特定名称酒。

普通酒『月桂冠』については、売っている会社が、特撰・上撰・佳撰という区分けを設けてくれているが、これは、会社での順位的な区分けらしいので（この会社だけのオリジナル区分けなので）この項目では通りすぎ、特定名称酒について、以下をつづけよう。
◆米粒をだいぶ削った特定名称酒には、本醸造・純米・吟醸がある。
違いは二点。
・米粒をだいぶ削っているか、ものすっごく削っているか。
・米＋米麹《こめこうじ》だけで造っているか、醸造アルコールも入っているか。
醸造アルコールというのは、戦後を舞台にした映画や小説によく出てくるメチルアルコールのような毒性の強い何かだとか、よくない添加物ではない。サトウキビの甘い汁などを醸してアルコールにしたもので、これを入れることで、味わいをサッパリさせたり香りをフンワリさせたり、つまり味をデザインできるらしい。

削り方の差と、醸造アルコールの有無は、べつもの。いっしょくたにしないのがコツ。

◆では削り方の差について。米粒を女の人の体型として分ける。
・普通酒＝洋服買うときMサイズでだいたいすんでいるような人。標準体型。
・吟醸＝美人女優みたいなほっそりした体型。
・大吟醸＝固形物を食べているのかってくらい細いモデルかバレリーナみたいなガリガリの体型。
よって、バレリーナが醸造アルコールを加えている場合もあるし、美人女優が醸造アルコールを加えていないこともある。
◆次に悩ましいのは「特別」問題。
本醸造、特別本醸造、純米、特別純米。この違いは？
造り手が特別に手間や工夫をしたものが特別本醸造。造り手が特別に手間や工夫をしたものが特別純米。すんません。大まかにもほどがあるってくらい大まかな言い方になるが。各酒造会社の細かな苦心や方針があるので、「ウルサイッ」にならないためには、これくらい大まかで。

　ということは、普通酒ではなく特定名称酒については、
「醸造アルコールが入っているかいないか」

「どれくらい（米粒が）細いか」

「特別かそうでないか」

だけを区別してネーミングしたらよい。とりいそぎネーミング。

◇米と米麹だけで造った酒＝ソロ。
◇醸造アルコールも入っている酒＝デュエット。

&

○米粒をほっそり削った＝スリム。
○米粒をガリガリに削った＝スキニー。

&

△「特別」な手間と工夫をした＝プラス。

◇ソロ

・ソロ（純米）
・ソロプラス（特別純米）
・ソロスリム（純米吟醸）

・ソロスキニー（純米大吟醸）
◇デュエット
・デュエット（本醸造）
・デュエットプラス（特別本醸造）
・デュエットスリム（吟醸）
・デュエットスキニー（大吟醸）

ピンクレディ（デュオ）も美空ひばり（ソロ）も人気があったし、ゆず（デュオ）もパオロ・フアナーレ（ソロ）も人気があるように、純米（ソロ）と本醸造（デュエット）は各人の好みである。このネーミングなら順位感がなくなり、おぼえやすい。酒税撤廃の今、ヨーロッパなどで売るのにも、このネーミングだとわかりやすい。……ような気がする（気弱）。

**《そこで、好きな日本酒は》**

『十四代』と『獺祭《だっさい》』はおいしいが、高いので注文したり買う気がなくなった。転売されてプレミアがついたり、この二酒のうちで価格の高いスキニーだけを出す飲食店が東京に多かったりするだけで、スキニー以外の販売価格は、他の特定名称酒平均なのだそうだ。最近では『磯自慢』もそうなりつつある。観光客でごったがえす行楽地のようで、どうもなあ……。

とはいえ、もういい年だ。これまでキモノはおろか、ふだんの洋服にも宝石にも車にもインテリアにもまったく凝らずに暮らしてきた。大学生や新入社員ならいざしらず、この年まで仕事をしてきて、幸い大病もないのなら、飲食には金をかけてもよいと思う今日このごろ。

自分の力の範囲内で、ちょっと奮発して買うのはこんな日本酒だ。


『水芭蕉』のソロスキニー。ソロスリム。

『寫樂』のソロスリム。

『楯野川』のソロスキニー（『楯野川』はソロスキニーのみの意地だ）

『美丈夫』のデュエットプラス。『〆張鶴《しめはりつる》』のデュエットプラス。（『美丈夫』と『〆張鶴』は、ソロよりデュエットプラスのほうが、あくまでも私にかぎっては、ずっと好きだ）。

『越乃寒梅』の普通酒。産地新潟の「さすが」を感じさせる。

『田酒《でんしゅ》』のソロスリム。

そして！『而今《じこん》』の、千本錦（使っている米）の、ソロスリム。買いたいけど買えない、手に入らない。

全体的な傾向として、どのナマエの酒でも、生酒とか原酒とか、濃厚なこっくりとした味わいのものが自分は好みではないのだなということがわかってきた定年世代。牧水先生よりひとまわりも長生きしている。

それほどにうまきかと
ひとの問ひたらば
何と答へむこの酒の味

（若山牧水）

# きっかけの話

## 日本酒のイメージが変わったきっかけ

この本ではどのページでも「滋賀県では」とアピールするようにしている。滋賀県出身だから義理を感じているのである。だがじっさいのところ、滋賀県近辺、近畿地方くらいの意味で使っているだけで、厳密に限定しているわけではない。

というわけで、さっそく使おう。滋賀県では、酒を飲んだことがほとんどない。

大学生になって上京したからだ。滋賀県に住んでいたころは未成年だった。酒を飲むどころか、外食をする機会もほとんどなかった。世代的になのか、わが家がそうであったのか、外食は大人同士がすることで、父親がだれかと外食をしても、未成年の子供や、女である母親は、家にいた。

前項のとおり、「好きな日本酒なに？」という質問も困るが、「滋賀県で（滋賀県周辺で）おいしいお店はどこ？」という質問は、さらに困る。

そんなもん、小中高生は知らない。

大人になってからも滋賀県で酒を飲む機会は、ないではないが、めったにない。

帰省する理由は、第一に病人見舞い。病人が他界したら、墓掃除。第二に葬式。見舞いや墓掃除のときに酒は飲まないし、葬式でもセレモニーホールで精進落としのお決まりの仕出し料理に、ビールをグラス一杯くらいがせいぜいだ。

同級生と飲む機会も、まずない。滋賀県は（たぶん地方の町はどこも）車社会なので、みな酒は飲めない。私も、もう家が滋賀にないため、当日か翌日早朝には新幹線に乗らねばならないのに、体に酒が残っているのはいやだから、飲まない。

よって、滋賀も京都も大阪も神戸も和歌山も、おいしい店なんか知らん。

よって、気づかなかった。滋賀県には、めったに新潟の酒がないことに。

新潟といえば米どころ。これは小学校の社会の時間に習うくらいの常識だが、米がとれる新潟では、日本酒も優秀品ぞろいであることは、滋賀県では有名ではない。

『久保田』も『越乃寒梅』も『〆張鶴』も『八海山』も、滋賀県ではさほど知られていない。滋賀県で落ち着いて酒を飲む機会はめったにないと、冒頭に書いたとおりだから、甚《はなは》だ偏った経験ではあるが、これまで入った滋賀県の店で、新潟の酒に会ったことがない。

理由は道路事情では？

ちがうかな？

新潟から滋賀京都に車で行こうとするとメンドウだ。ぶらり一人旅、みたいなのんきな移動なら話も別だろうが、瓶に入った酒を飲食店に売るために（納品するために）運ぼうとすると、コストパフォーマンスがきわめて悪いのではなかろうか？　いっそ九州や北海道ほど離れていれば、空路で納入し、納入先の店主やお客さんに「こりゃこりゃ、越後の酒をまあ」とありがたがってもらえる。だが滋賀近辺だと、「灘の生一本《きいっぽん》」のブランドイメージが根強く、道路交通上のコスパの悪さを補えないのではなかろうか。

こんなわけで、私は『越乃寒梅』や『久保田』といった越後の名酒を、久しく知らなかった。日本酒に限らず、自宅にＴＶのない私の、有名人、有名ブランド、話題作品、話題ショップ等々についての知らなさときたら、「すみませんすみません」と平身低頭してお詫びしてまわらないとならないほどなのだが、飲み食いに執着のある人間なのに知らなかったのは、我ながら物知らずぶりにあきれる。

＊

今は廃刊になった『週刊テーミス』で連載をしていたときに、編集部に出入りしていたOさんから、『上善如水《じょうぜんみずのごとし》』を教えてもらったのが、新潟の酒の初体験であった。

Oさんは大阪出身の男性だった。私より三つ四つ年長だったろうか。

「わし、日本酒、ニガテやっててん。関西の日本酒しか飲んだことなかったさかいな。関西の日本酒ていうたら、とろ～っとして、まったり～っと、喉を通っていきよるやん」

とろ～っとまったり～っと喉を通っていく。これを、日本酒を形容する定番として「濃《のう》醇《じゅん》甘口《あまくち》」という。

「あれがニガテやってん。せやけど、仕事で新潟の人と会《お》うたとき、新潟は酒のレベルが他県とはちがうと言われた。まあ飲んでみいて、『上善如水』を教えてもろてん。あれ飲んでから、日本酒の印象がガラッと変わったわ」

へー、そんなものかと、編集部で聞いたときは思っていた。が、一年後に、だれとどこでだったか忘れたが（Oさんだったかも）、『上善如水』を飲む機会を得た。

「ほんとだー！」

ひとくち飲んで、私も、日本酒に対する印象をガラリと変えた。

三十代はじめのことだ。

私の世代では、大学生や二十代の若者が飲酒するといえば、もっぱらウィスキーの水割りが定番だった。だから私も、日本酒を飲む機会がふだんはなく、あるとしたら、滋賀に帰省しなければならないような冠婚葬祭の場だった（しかもほんのお愛想にひとくちていど）。そういう場には、年配者が多く、出るのは、関西から出たことのない年配者によく知られたメーカーの日本酒だった。関西の日本酒に特徴的な味（濃醇甘口）の。なものだから、『上善如水』を口にするまでは、日本酒というのはぜんぶ濃醇甘口なのだと思い込んでいた。

新潟には優れた日本酒がたくさんあるが、『上善如水』は、関西の日本酒と正反対なことがわかる代表、とでもいえばいいか。淡雪のごとく、儚《はかな》いまでにさらさらと、喉を通過していく。女優にたとえると有田紀子のような日本酒だ。

この女優さんに涙したボリュームゾーンは、私よりももっと上の世代だが、レンタルビデオやＤＶＤの登場により（都内だと旧名作の上映会もよくあるし）、おりしも『上善如水』を初めて飲んだころに、『野菊の如き君なりき』を見ていたのである。

「如」の漢字も、有田紀子を思い出させたろうが、木下惠介監督のかの名作は、現在では you tube で予告が見られ、それを見ればデジタル世代の人にもわかると思う。少年と少女の野菊の如き淡い初恋を、清純調を得意とする木下監督作品のなかでも、とりわけ清く、ひたすら清く撮られており、あの作品で薄幸のヒロイン民子を演じた有田紀子の容貌やたたずまいを、『上善如水』にたとえるのは、これ以外のたとえはないほどぴったりではなかろうか。

『上善如水』をきっかけに、私は新潟の酒、ひいては日本酒全般に注目するようになった。日本酒の味を形容する決まり文句が、二つある。

関西の酒に多い「濃醇甘口」と、新潟の酒に多い「淡麗辛口」。『〆張鶴』という酒がある。これは原田美枝子である。桃井かおり・秋吉久美子・原田美枝子というのは、私の世代にとっては「三大個性派女優」だった。

うち原田美枝子は、桃井、秋吉ほどは、いかにも個性派ではないのだが、「大学生のころ旅先でちょっとことばをかわしただけなのに、いつまでも忘れられない女」みたいな印象の強さがあり、娘盛りを過ぎた後年（つまり現在）になると、娘盛りのころにはなかったもの静かな風情が匂い立つように出てきて、ますますよくなった。似てないですか？『〆張鶴』と。

＊

「そうか。このおいしいお酒は『〆張鶴』というのだな」

と、おぼえた私に、問題がふりかかる。

しばらくして、新潟の酒がずらりとそろった店での飲食の機会を得た。

問題がふりかかったのは、このときだ。前項の「特定名称による区分け」問題だ。

メニューにずらずら並ぶ新潟酒のナマエの中に『〆張鶴』を見た私は、勢い込んで注文した。ところが、私がおぼえた『〆張鶴』とは、ちがう味ではないか。

「えっ、なぜ？」

その店が出してくれた『〆張鶴』がまずかったわけではない。だが、記憶していた味とはちがうということがショックであり、なぜちがうのかという「？」が頭にいっぱい浮かび、それに気をとられて、味をたのしむことができなかった。

「これは生酒でしてナントカカントカ」

お店の人が説明してくれた。「生酒でして」じゃなかったかもしれない。「しぼりたて原酒でして」だったかもしれないし、「純というラベルのものでして」だったかもしれない。とにかく、同じ『〆張鶴』でも、種類がいろいろあることを説明してくれたのだが、右から左に流れてしまった。前項のとおり、日本酒の区分け説明を聞いてキーッ、ウルサイになってしまったのである。同じナマエならさして変わらないだろうとタカをくって、「前回飲んだときとは体調や気候がちがったからだろう。前回は居合わせた人たちの雰囲気もよかったからおいしく感じたのだろう」とかなんとか、あくまでも、自分の気のせいにした。

しかし、その後も、度重なる注文失敗をした。やはり失敗をして人は学ぶものだ。すみません。私がまちがっておりました。「特定名称による区分け」によって、酒の味はぜんぜんちがいました。

猛省に至ったからこそ、たくさんの人に、各人の好みに合ったお酒を選び、たのしくなっていただきたいと切望する。

緑川酒造が出している『緑』シリーズなど、種類がたくさんあって、瓶も似ていて、なのに味はみな違うので、どうにかしてほしい。種類別に『緑川ひろみ』『緑川秀樹』『緑川五郎』にするとか。

とくに『雪洞貯蔵酒・緑』が混乱する。雪洞貯蔵酒のなかにもまたいくつかの種類があるのだ。おぼえられない。もうここまできたら、『雪のっち』『雪あ～ちゃん』『雪かしゆか』などにして「緑」はとってくださらんか。

## ワイングラスはムードだけじゃないと知ったきっかけ

ワイングラスについて長く誤解をしていた。

「付録」「おまけ」、もっと乱暴にいえば「無駄」だと、みなしていた。

プレゼントにつけるリボンみたいなものだと。ムードをもりあげるためだけの食器だと思っていた。

まちがっていた。

グラスひとつ、杯《さかずき》ひとつで、酒は数倍うまくなるのだ。

ブルゴーニュグラスは、なにも、お笑い芸人さんに「ルネッサ〜ンス」と言わせるためにふっくり膨らんでいるのではなかった。あの膨らんでいる空間に、香りが溜まるのだった。鼻のニブい人でも、あのグラスとよくある細長いグラスで、ワインを飲み比べてみればすぐにわかる。

「ブルゴーニュグラスは、香りのよい日本酒を注いで飲んでもおいしいのよ」

とは、とある割烹料理店に行ったときに女将さんから教えてもらったこと。この店の女将さんに勧められたのが『美丈夫』という四国・高知県の酒。

九州・熊本に『美少年』という酒があるが、あれではない。「美」の下は「少年」ではなく「丈夫」。

熊本『美少年』ファンにはまことに申しわけないが、私はとにかく甘くてこっくりとした酒が苦手なので『美少年』はＮＧだ。だが先の『緑』シリーズのように、『美少年』にも、もしかしたら好みの種類があるのかもしれない。それに会社が変わったから、味も変わったかもしれない。

火の国酒造株式会社から株式会社美少年に事業譲渡された。ううむ、株式会社美少年……。目立つ社名だ。

女将さんから『美丈夫』を勧められたときは、『美少年』にナマエが似ているので警戒しながら飲んだ。ところがどっこい、味はまったく違う。ブルゴーニュグラスに、ほどよく甘い香りが溜まり、喉ごしはスッ。ちなみに区分けは、デュエットプラス（特別本醸造）だった。

『美丈夫』は高知の会社が出している酒である。おいしい酒の産地というと、新潟や山形や青森や福島といった、雪が降って寒いところのイメージがあった。群馬でも、夏も涼しく冬はもっと冷え込む川場村に『水芭蕉』といううまいやつがある。

「南国にもこういう酒があるのか」

感心して店を出た。

以来、自宅で日本酒を飲むときには、女将のマネをしてワイングラスで飲むことにした。

ところが、日本酒の場合、なんでもかんでもワイングラスで飲めばおいしくなるものでもないことがわかった。

香りの華やかなスキニー（大吟醸）の酒だと、薄い杯（唇が触れる陶器やガラスが薄く焼いてある杯）でクイッと飲むほうがおいしかった。たぶん、香りを溜めるブルゴーニュグラスでは、ヘタすると、香りがウルサくなってしまうものがあるからだろう。

*

では、好みの冷酒を飲むときの手順。

まず、冷蔵庫で瓶を冷やしておく。キンキンに冷えぬようタオルなどで一巻きして。

肴には、白身の刺身をほんの少々。メインには野菜と肉の炊いたもの。

白身の刺身は、そのときの旬でおいしそうなものを。

野菜と肉の炊いたものについては、夏＝かもうりと豚肉。冬＝かぶら（葉も白いところも両方使う）とかしわ。

味付けはあまから。ごま油で炒めて、岩塩、てんさい糖、みりん、料理酒、醤油をテキトーに配分して炊く。私の好みは、コテコテのあまからではなく、素っ気ないくらいのあまからだが、各自の好み、あるいはその日の舌の好みで自由にして下さい。できあがって皿に盛りつけたら七味唐辛子もしくはかんずりをひとふり。

夏は炊いたあと、しばらく冷ましておくといいです。

冬は炊いたあと、しばらく冷まして、食べる前に温めなおすといいです。

あとは冷蔵庫で待たせておいた酒瓶を取り出して、ワイングラスか薄い杯に注いで、いっしょに飲むだけ。


東京近辺では、かもうり→とうがん、かぶら→かぶ、炊く→煮る、と言う人が多いが（ほとんどだが）、私にはどうも落ち着かないので、なじんでいるほうを用いた。

# かんずり礼賛

中学生のころ。川端康成の『雪国』を読みかけた。「しぶいなあ。情感のある、ええ話や～」とじーんとした中学生もいらしただろうが（今の中学生にもいらっしゃるだろうが）、残念ながら、私の浅い教養とチャラい生活体験では、最初の数ページで挫折した。

高校生のころ。吉行淳之介先生と直接電話で話したことをきっかけに再トライした。これは読了した。だが、じーんとしたかというと、どうだっただろう。「名作を読了した」ということに満足し、じっさいのところは、「こんなに長い間、旅館に泊まり続けたら、宿泊代がすごくかかるだろうに、この時代の人は、小説を書くだけの仕事で支払えたのだろうか」という、テーマから脱線した箇所に庶民的関心が向いてしまった。吉行先生が聞かれたら、さぞかしがっかりされるだろうと、感想は伝えなかった。

高校生のころに吉行淳之介先生と電話で話していたことについての詳細は、集英社文庫『すべての女は痩せすぎである』で。

大学生のころ。司馬遼太郎の『峠』を読んだ。越後長岡藩の河井継之助を主人公にした長編で、おもしろ《インタレスティング》かった。マイフェバリット司馬遼太郎ベスト三に入れた。

こうして『雪国』に挫折して、再トライして、『峠』を読んだ歳月のうちに、新潟県＝遠い、という感覚がずっとあった。

川端&司馬の両作品から、雪に閉ざされているイメージが頭に広がったこと。私の大学生のころはまだ上越新幹線が開通していなかったこと。TVの火曜サスペンスでよく犯人の故郷に設定されており、寒そうな風の吹く崖で罪を告白するシーンをよく見たこと。近畿出身だったのでどうしてもなじみが薄かったこと。こうした理由が挙げられる。

上越新幹線も北陸新幹線も開通した現在なら、新潟に行くのは、自分の住まいから都内のどこかに行くのと同じとは言わないまでも、『とき』や『はくたか』にポンと乗れば一本だ。肩のこらないエッセイ（本書のような）も読了できないうちに着く。滋賀に帰るより近い。

ポンと乗って行くと金沢寄りに上越妙高という駅がある。その近くにある会社が「かんずり」という調味料を製造販売している（社名も有限会社かんずり）。

「かんずり」の名前を知っている方はけっこうおられると思うが、じっさいに料理に使ったことはないという方もおられるだろう。ぜひお勧めしたいのである。新潟県からも、製造販売会社からも頼まれていないが、勝手に。

新潟といえばだれもが知る豪雪地帯。この雪を活かして作るのが「かんずり」である。「かんずり」には「寒造里」「寒作里」などの漢字をあてるらしい。この字にも現れているように、塩漬けの唐辛子を雪の上で晒《さら》しておくと、あらふしぎ、辛い唐辛子の、奥のほうから、じんわりじんわりと、ほのかな甘みがにじみ出てくる。こうなった唐辛子を、次は時間をかけて発酵させる。こうして作った調味料が「かんずり」だ。

魔法の一匙。

「かんずり」を、私はこう呼んでいる。一匙で、おいしさ百倍になるからである。

たとえば豆腐の炊いたのと「かんずり」。

豆腐は酒飲みの親友。四季を通してわれらの胃腸を助けてくれる。滋賀県風に昆布を鍋に敷くように置いて湯豆腐にしてポン酢で食べる（こういう湯豆腐のことを、世間一般では京風などと言うようだが）ときにも、ほんのりとあまからに（ほんのりとだから、砂糖も醤油もそんなに使わないし、時間もかけない）炊くときにも、豆腐を器に盛り、器のはしっこに、ちょこっと「かんずり」を添える。

これだけのカンタンな作業で「ひょおっ！」と唸りたくなるような酒の肴になる。箸でちょこっと「かんずり」をとっては豆腐につけて食べていくんである。すっきり淡麗辛口の酒（新潟県の酒に多い）の冷えたのと合わせて。

酒の肴というのは、早く作れなければ意味がない。

どんなにご立派な食材を使おうが、どんなにご丁寧に料理しようが、どんなにきれいに盛りつけしようが、「飲みたい」と思ったときに、「飲みましょ」と腰をあげたときに、サッと、酒のそばに出てこなければ意味がない。

外でよばれるのであれば（つまり、プロの料理人がいる飲食店に飲みに行くのであれば）、ご立派な食材をご丁寧に料理してきれいに盛ったものもサッと出してもらえるだろうが、自前で家で飲むときには、自前でサッと（自分のために）出せることが、酒の肴としては優先される。

「かんずり」は、家飲みの強力助っ人である。

たとえば豚とかもうりを炊いたのに、「かんずり」をちょっとつける。これだけで、わが家が（目をつぶれば）料亭に。

そして！

新潟県の人にも、いや、新潟県の人にこそ、お伝えしたい。「かんずり」と栃尾のあぶらあげのペアリングを。

栃尾というくらいだから、このあぶらあげも、同じく新潟の名産品である。すでに機会あるごとに公言してきた私だが、初めて食べたとき、「世の中にこんなにおいしいものがあったのか」とショックだったくらいおいしい。

昨今は、大きなスーパーにも置かれるようになった。袋から見た形状から、あつあげだと思っている人がよくいる。ちがう！　栃尾のあぶらあげは、あくまでも、あぶらあげなのだ。焼けば、サクッ、サクッと、口の中で噛み砕かれてゆく。

ところが。なぜか、この栃尾のあぶらあげ、「刻んだ白ねぎを上に盛って、醤油と鰹節をかけて」食べるのが定番になっている。新潟の飲食店でも（私の数少ない経験ではすべて）、このやり方で出てくる。

これもよいのだが、しかししかし、ここはどうかひとつ、私のやり方を試してくだされ。

栃尾のあぶらあげを、こんがり焼く。

こんがり焼いたあと、まな板か皿に置いて食べやすいサイズに切る。手酌で飲むので、ビール瓶やグラスや片口や杯など酒関係に用いる手をフルに動かせるよう、肴は、極力、あらかじめ一口サイズになっているのが好ましい。

サイコロサイズに切った栃尾のあぶらあげを、皿にのせる。添えるのは、白ねぎではなく、刻んだみょうがだ。それと、ちょっと味噌。そして、ちょっと「かんずり」。

栃尾のあぶらあげ一片につき、刻んだみょうがを二、三片のせ、味噌と「かんずり」をお箸でちょっととってつけ、これをぱくっと口に入れれば……。これまた、「ひょうっ！」というくらい合います。キンと冷えたビールに。キュッと燗した日本酒にも。

# みょうが、クレソンは大好きなんだってば！

「あの人、ニガテ」

と人が言うときは、「あの人、キライ」の、遠回しな表現である場合がほとんどだが、キライではないのに対処に困る場合にこそ、使いたいものである。

風貌も人柄も仕事能力も認めている、なのに、なぜか自分とはソリが合わない人というのはいる。相手がよかれと思ってやってくれていることが、いつも自分にとっては裏目に出る人。自分の発言を相手がまちがって受け取っていても、それが自分への悪意からではなく、相手のまじめな性格ゆえであることがよくわかるために、ちがうと言えない人。こういう場合にこそ、「あの人、ニガテ」という表現はあるように思う。

こんなニガテは、食材にもある。

私はソウルフードといってよいくらいきつねうどんが大好きだが、食べるとおなかの具合が悪くなることがある。

餃子が大好きだが、食べるとおなかの具合が悪くなる。

同様に、カレー、ポテトサラダ、生春巻、ラーメン、チヂミ、タイすき等々も。

これらはすべて「好きだが、食べるとおなかの具合が悪くなる」メニューである。食べると下痢をするのではない。食べると、「閊《つか》えたようなかんじになる」のである。喉の下からみぞおちのあたりにかけて、じりじりと痛み、むかむかと胸焼けがしてきて、胸をかきむしる。

何十年ものあいだ原因不明だった。

「急いで食べたからだろう」「空きっ腹にビールを飲んだのがよくなかったのだろう」などと思い込んでいた。

十余年前に真犯人（？）がわかった。

ニラだったのだ。

白ねぎ、玉ねぎだったのだ。

これらの食材は硫化アリルを多く含んでいる。本来は、元気が出る野菜で、よく「体によい」と言われているものだ。

しかし、胃弱の者はコレが消化できない。まったくできないわけではないが、消化するのに手間どるのである。

まだしも青ねぎは、ごく少量をよくよく加熱すればなんとか大丈夫だが、オニオンスライスなど生の玉ねぎ、生煮えの白ねぎ、などだと少量でも吐き気が二十時間くらい続く。ニラにいたっては、少量でも、加熱してあっても、食後は七転八倒の吐き気と胃もたれである。

「餃子とビール」の組み合わせは、人類史上最大の最高のコンビであるにもかかわらず、ニラのために耐えねばならない。食い意地に負け、注文し、「プハーッ、うめえ」をやると、いっときの快楽とひきかえに、丸二日間を吐き気と胃もたれに苦しむことになる。

決して特異体質ではない。

私と同じ症状になる人は、日本にはけっこういるはずなのである。

「蕎麦が好きなのに食べると胃が痛む。蕎麦は消化が悪いからかなあ」とか「コンビニのサンドイッチを食べると胸焼けがする。なんでかなあ」などと思っている人はいないだろうか？

試しに薬味の白ねぎを一切使わずに蕎麦を食べてみてほしい（わさびは可）。試しにパンを開いて、具から玉ねぎだけ取り除いてサンドイッチを食べてみてほしい。こうして食べたあとに、もし、胃痛や胸焼けがしなかったら、胃弱体質である。

「ニガテなんだったら、食べなければいいじゃない」

と思う人もいるだろう。私だってそうしたい。が、困ったことに、生の白ねぎ、玉ねぎ、ニラは、日常生活で多くの料理に用いられている。サンドイッチ類はだいたいそうだし、外食ランチタイムによくついてくるミニサラダ、定食屋のポテトサラダ、ラーメンや揚げ出し豆腐、などなど。

「すみません、ねぎを抜いてください」「ニラ抜いてもらえますか」と、店で頼むと、ものすごくものすごく煩《うるさ》がられる。だいいちレシピが決まっているチェーン系外食では抜くのは無理だ。チェーン店では、本部から下ごしらえされたものが各店舗に配られていたりするので、ある食材だけ抜くことはできない。

チェーンではない個人経営の、こまやかな接客をなさるような店だと抜いてもらえる……には抜いてもらえるが、

「この人は香味野菜がキライなのだ」

と判断して（誤解して）くださる。

私は香味野菜が大大大大大大大大好きだ！

みょうがも三つ葉もセロリもクレソンも生姜もパセリも、トレビス、チコリ、ラディッシュ、十倍増量してほしいくらいなのだ。なのに、「ねぎを抜いて、ニラ抜いて発言」をしようものなら、以降は、大大大大大大大大好きな香味野菜を、ばっさり抜いたものを出してくださることになり、(TT)の顔に……。

＊

対策としては、「抜いて下さい」と言わずに、運ばれてきた料理から自力で抜く。

しかし、この挙動をすると、はた目にはいかにも、「好き嫌いの多い、ワガママな人」に映る。そのため、店の人や、ほかの客に気づかれないように、隠れて、かつ、スピーディに抜き取らないとならない。白ねぎやニラは、だいたい細かく刻んであるので、中国雑技団級のテクを要する。

あーもー、疲れる……となり、真犯人が判明してからは、外食をほとんどしなくなってしまった。ランチにミニサラダがついてくる店にも行かず、コンビニサンドイッチも、まず買わなくなってしまった。餃子は、皮だけ買ってきて、それで具を包んで冷凍しておく。まあ挽き肉料理は、外食だとあぶらみの多い挽き肉がたいてい使われているから、自分で作ったほうがさっぱりした餃子にはなる。豚の赤身90％くらいの挽き肉と、しいたけ、キャベツ、それにセロリ。セロリは葉っぱがおいしいので、葉っぱのところをたくさん入れて刻む。セロリの代わりに青シソもよい。

前のページでふれた新潟名産・栃尾のあぶらあげを、刻んだ白ねぎと醤油ではなく、刻んだみょうがと味噌にするアイデアも、胃弱体質から出たものである。

きつねうどんも、青ねぎや白ねぎではなく、みょうがや、セロリの葉っぱの部分やチコリを使う。バジルやペパーミントも、少しなら意外と合う。

蕎麦も、白ねぎはナシで、蕎麦つゆに、わさびではなく、針切りの生姜を添える。ほかには、クレソン蕎麦もおすすめだ。

①クレソン1把（一人につきクレソン1把か、1／2把）を、食べやすい大きさに切って、フライパンにオリーブオイルを大さじ1ほど熱して、芯のほうを1秒だけ熱して、すぐにコンロの火を止め、葉っぱの部分をざっと0・5秒だけ入れて、それを皿にうつす。

②もり蕎麦を用意する（蕎麦と、蕎麦猪口に蕎麦つゆ）

③蕎麦を猪口につけるさいに、❶をちょっとずついっしょにして食べる。つまり、「たんなるもり蕎麦」の、その薬味を、「ねぎがちょっと」ではなく「クレソンがいっぱい」にしただけ。すごくおいしい（と思うのは私だけか？）。

# 飲み相手

ワインの名前は難しい。

葡萄や産地の名前も。

落語『寿限無《じゅげむ》』の、井戸に落ちた子供の名前みたいに長くてややこしい。

スラスラおぼえてペラペラ口にできる人が時々いる。感心する。すごい頭の持ち主だ。

私など日本酒でも焼酎でも名前がよくおぼえられない。別項になんのかんのと書いてはいるが、そのたびに資源ゴミの袋を開けて、名前をたしかめていた。

飲むのは大好きだ。大好きだから飲めば飲むほど、おぼえられなくなる。

頭に酒が溜まってしまったのだろうか、人の名前もおぼえられない。すぐ忘れる。

こんなだから「好きなワインは何ですか？」という質問をされれば、「おいしいワイン」と答えるしかない。

困ったことに、高いワインが必ずしもおいしいとは限らない。おいしいというのは、自分の好みに合うということで、世界は自分の好みに合うようようできていない。高い日本酒がおいしくないこともある。高いビールがまずいこともある。なかでもワインがもっとも値段と味が比例しない……ような気がする。

日本酒Aを開栓して注ぐとAの味がする。ビールBも開けてグラスに注げばBの味だ。合う料理と共に飲めば、AとしてBとして、よりおいしく感じる。

しかしワインCを開栓して注ぐと、最初はCで、しばらくするとC1、もっとするとC2に変化したりする。

しかも合わせる料理によっては、ぷわ〜っと水中花みたいに口中で広がってC3に変わることもよくある。これがおもしろい。ということは、これが難しいということでもある。だから合わせ方によっては、高いのにおいしくないと感じることがよくあるわけである。こうならないためにワインの名前や葡萄や産地をおぼえておくとよいのだろうが、なにせわたくし、となぜか気取って事実をくりかえすが、頭の出来がお粗末である。年寄りになってますます鈍くなった。

私の飲むワインは一本が1500円前後のものである。1000円を切るものもよく飲む。「誕生日だわ、奮発するわ」というハレの日にさえ4000円、清水の舞台から飛び降りて7000円になったことが四回あったていどのワインキャリアだ（それでも多いと感じるのは四十歳以下のヤングな方でしょう。わたくしは長く生きてきているので……）。

というのも、名前がおぼえられないことでおわかりのとおり、私は学校の勉強もよくできなかったし、運動神経もよくないし、外見にいたっては悪い。そんな者が、舌だけ優秀に出来ているとは思えない。高名高価なワインと、数千円のワインとの区別をつける能力があるとは思えない。自分が一番自分を疑っている。信用ならない。

であるからして、テキトーなワインをテキトーに買って、部屋の隅に置いておき、その日の気分で食べたいものを作り、それに合いそうなやつを隅から選ぶ。このテキトーで組み合わせた結果が、「うおう、ぴったりだ」になると天にも昇る気分になる。

昇天気分の酔漢は、おうおうにして話し相手がほしくなる。

だがみなさんご存じのとおり、酔漢の話というのは、おうおうにしてつまらない。本人はごきげんだろうが、聞かされるほうは、興味のないことをくりかえされ、話がたびたび脱線し、臭い息、時には唾まで吹きかけられて、迷惑千万だ。

歯を食いしばって耐えて「ええ、ええ」と苦笑いすると、ムカつくことに酔漢は、あなたの笑いを「ウケた」と誤解する。ああ、見苦しきかな、酔漢。

そこでだ。他人にこんな迷惑をかけず、かつ、思う存分、酔っぱらいトークをぶつける方法がある。お伝えするので、まず酔っぱらって下さい。

私は□□□□□□□を飲むことにする。名前おぼえの悪い私が、珍しくおぼえているワインである。

とある富裕令嬢の編集者からのプレゼントで知った。なぜこのワインだけおぼえたかというと、真の酒飲みではない私は、何かアテがないと酒が飲めないのであるが、このワインにかぎってはアテを欲しないからである。あえかに溶かしバターに似た香りが鼻腔に残り、この香りのためにアテなしで飲める。落語に、鰻屋の前で匂いを嗅ぎながら白いごはんだけ食べるという話があるが、あの男の要領だ。アテなしで飲めるから一人飲みにぴったりなワインだ。

一人ならハーフボトルがよい。よく冷やして。そしてテーブルに紙を二十枚ほど置く。真新しい紙でなくともよい。ウラが白ければ何でもよい。それとボールペン。用意をしたら乾杯。うまい！　すぐにいい気分になる。すぐに胸の内が饒舌《じょうぜつ》になる。あーだこーだ、こーだあーだ。言いたいことを紙に書きなぐられよ。メールしたり、どこかのサイトに商品や映画やホテルのレビューを書き込んだり、スマホでＬＩＮＥなどするのはダメだ。ぜったいダメ。口は禍《わざわい》の元の典型的な例となり、社会関係、友人関係にヒビが入ることまちがいなし。紙を話し相手に飲むのである。相手の紙はイヤな顔ひとつしない。

くわのみや　花なき蝶の　世捨酒（松尾芭蕉）から拝借句で、

ひとりのみ　声なき紙と　勝手酒

## 《□□□□□□□に入る文字》

このワインについては2014年に連載エッセイとしてふれたとき、名前を出していた。

お気楽にコンビニで買う値段ではないので、たまにしか飲まず、そのうちご無沙汰してしまい、久しぶりに2017年に飲んだところ、味が変わっていた！　そんなことがあるのかと輸入した会社に問い合わせたところ、製造元で、まれに調合を微妙に変えることがあるので、そのせいではないかという返事が来た。簡単な返事だったので、どこまで詳しく原因を訊いてくれたのかどうかは不明であるけれど、ようするに私の好みの味ではなくなってしまった。それで名前は伏せた。

# 日本人はびっくり

「インド人もびっくり」「ハヤシもあるでよ」「とってもデリッシュ」「カレーにしてね母さん」「3分間待つのだぞ」等々。これらをおぼえている方が果たして何人いてくださることやら。いずれもカレーの名CMのキャッチである。私が今なお思い出すことの多いのは、

「あ、チョウチョ」

「エビよ」

この二つだ。

「あ、チョウチョ」はハウス・ジャワカレーのCM。

大人気ドラマ『キイハンター』で共演した千葉真一と野際陽子の結婚は、このドラマに

熱中した子供が、大人になりはじめて、夢と現実は違うと気づき始めたころに、「いやいや、悪と戦う正義の味方は、やっぱりかっこいいのだ」と、かつての疑いなき夢を蘇らせてくれる出来事だった。理想のカップルがカレーを食べる。「陽子、いくつになったんだ？」と千葉が訊くと、野際が「あ、チョウチョ」ととぼける。クールなキャリアウーマン然とした野際の、この落差がものすごくかわいく（今でいうと天海祐希の路線）、私は今でも野際さんには『キイハンター』の姐御を見るのである。

「エビよ」はハウス・デリッシュカレーのCM。

♪今日のカレ〜は〜♪と、歌ではないのだが歌うように抑揚をつけたナレーションが入って、鍋《パン》で炒められる具材が映り、次に岡田茉莉子が「エビよ」と教えてくれる。TVより映画のほうが格上とみなされていた時代の感覚が（薄れていたとはいえ）、まだ残っていた昭和五十年代前半に、文学的映画に多く出演した岡田が「エビよ」と気さくにほほえみかけることに往年のインテリ映画ファンは瞠目した。

ハウス・デリッシュカレーは、メイン具材となるものによって調味ベースを分けたことを特徴として新発売された。カレーにはビーフもチキンもポークもあるのは、現在ならフツーのことだが、当時は新しい発想だった。滋賀県ではカレーには牛肉がフツーだったので、ポークやチキンでも「ほう、こんな肉もカレーに」と感じたのに、「エビよ」のひとことは、「えっ、エビやて?」とインパクトが強かった。

冒頭のカレーCMのキャッチを、歴史知識としてさえ知らないほど若い世代には「日本人もびっくり」かもしれないが、ナンやチャパティが添えられて出てくるいわゆるインドカレーの店は、平成五（１９９３）年くらいまで、そこらじゅうに存在するものではなかった。

大多数の日本人にとってのカレーとは、にんじん・じゃがいも・玉ねぎ・肉と、食品メーカーが販売している「カレーの素」を使って、家で作るものしか頭になかった（はずである）。ホテルやレストランのカレーだって、この家カレーの高級版でしかなかった（はずである）。

昭和六十年から末年（１９８５〜１９８９年）あたりには、鍋をグツグツ煮込む日数を競ったり、もはや味覚音痴としか言いようのない辛さを競ったり、鍋に、ちょっと変なもの（マーマレードとかビールとか）を入れてみて、変な度合いを競ったりした。

やれ「一週間煮込んだ」だの、やれ「辛さ二十倍」だの、やれ「挽いたキリマンジャロ豆を入れてる」だの、みなドヤ顔で「俺のカレー」を自慢していたものだ。とくに男子は、どこまで辛いカレーが食べられるか合戦に没頭する傾向があったように思うが、気のせいだろうか。

　こんな時代を経てきた私だから、初めてナンというものを口にしたのは三十三歳のときである。S社の人に連れていってもらった神保町の『マンダラ』。「うわあ」と唸るくらい新鮮で、おいしかった。今でこそ、あちこちに『マンダラ』のような店はあるが、当時はめったになく、滋賀県に帰ると、同級生に味を説明するのが難しかったものだ。

みなさん同様、私もカレー（カレーうどん、カレーパン、タイカレー等々、ぜんぶ）は好きだ。だが、残念なことに食べると三日間くらい胃痛と胸焼けが続く。ひどいときは一週間くらい続く。別のページで書いたとおり、犬猫といっしょで、玉ねぎ・白ねぎ・長ねぎ・ニラが、体質的にうまく消化できないのである。

結局、カレーは家で自分で作っている。４皿分として、セロリ１本半（葉の部分も全部使う）。肉厚椎茸４、５個。赤身挽き肉（牛・豚は好みで）２５０ｇ。トマト１個。スモークチーズを小さく刻んだもの大匙２くらい（材料の量は、あくまでも「くらい」）。これらを適宜、オリーブオイルと岩塩で炒めて、ターメリック粉、ガラムマサラ、クローブ、クミンをまぶして、炒め煮の要領でルーを作る。発芽玄米にサフランオイルをからませたものを用意して、これにルーをかける。おいしいと感じるかどうかはともかく（まあ、自分はおいしいと思っているが）、ローカロリーなのと、簡単に作れるのとでは、合格ではないかな。

# ホントに名コンビ？

羊羹&緑茶
ショートケーキ&コーヒー
牡蠣&白ワイン
トースト&コーヒー

など「名コンビ」とされているものが世の中にはある。

別の組み合わせにしようものなら眉を顰《ひそ》められかねないほど、コレにはコレと、ペアになっていたりする。

むかしは空路がなかった。海路では日数がかかかった。保存方法も万全ではなかった。冷蔵庫だって各家庭にあるものではなかった。

食品をとりまく状況が、むかしと今とでは大きくちがう。むかしの状況では名コンビでも、現在では「名」がつくほど、いいコンビではないことだってあるはずだ。むかしの不便な流通状況下で、なんとか合わせるしかなかったようなコンビだってあるはずだ。「わたしの高校は男女比が1対9だったから、高校時代はサッカー部の××くんで手を打っといたわ」みたいな妥協コンビだって。

別項で「キリマンジャロコーヒーには生八ツ橋と紅玉りんごが合う」という話をしたが、強い語調は避けた。味に対する嗜好は個人差が大きい、これが最たる理由だったが、定番のコンビではない組み合わせ方を紹介することで、奇を衒《てら》っているように思われると困るなという心配もあった。

今では正月のショッピングモールや飲食店で、ビートルズナンバーの琴演奏が流れるのは定番である。だがあれだって、出始めたころは「えっ、お琴でビートルズですって？」と多くの人が驚いたし、中には眉を顰める人もいたのである。

中学生のころ、大学を出てまもない家庭科の若い女性の先生が、

「わたしは朝御飯には、トーストにお味噌汁が大好きです。トーストにジャムを塗って食べる。甘いさかい、これ食べた後に、野菜をようけ入れた味噌汁を飲むとちょうどよいか

んじなんやわ」

と言った。札幌オリンピックでジャネット・リンがすべってころんでも笑顔なのがカワイイと評判だったころのことだ。家庭科の先生の発言は、ウーマンリブ（フェミニズムとかジェンダーという単語はまったく流布していなかった）のシュプレヒコールのごとくに生徒をザワザワさせた。

しかし現在なら、家庭科の先生が好きだったトーストに味噌汁という組み合わせ（この順番食べ）が好きな人はわりにいるだろうし、「これもアリ」なコンビになっている。定番コンビを崩しても、多くの人が、「なるほど、これは合うね」と思えば、そのうち定番となるわけだ。

そこで当項では、《崩してはどうかペア》をいくつか紹介してみたい。「名コンビとされているけどさ、ホントに合う?」なコンビだ。

＊

なんといっても「日本酒&明太子」。

私はイチオシで「いっそ離婚されたほうが、お子さんの情操教育のためにはよろしいいんじゃないですか」と助言したくなる。

明太子はおいしい。日本酒もおいしい。なのに、明太子を肴に日本酒を飲むと、明太子もまずくなり、日本酒もまずくなる。明太子の生臭さが前面に出て、日本酒のふくよかさが消え、カサカサと痩せた喉越しになる。

「熱燗と明太子、クーッ、いいね」

こんなセリフを、漫画や落語や映画や小説で、よく見かけてきた気がするのだが、やってみると、一度として「クーッ、いいね」になったことがない。

明太子を肴にするなら、飲む酒は焼酎だ。焼酎ロックと明太子なら、たしかに合う。でも、焼酎以上に明太子にぴったりなものは、白いごはんだ。明太子と白いごはん、ここにちょっと千切りシソをのせて、パクッ。これなら「クーッ、いいね」だ。

＊

次に「牡蠣フライ&タルタルソース」。

なぜ牡蠣にこのソースをかけることになってしまったのだろう。わけのわからない組み合わせだ。

牡蠣フライにタルタルソースをかける。すると、ごはんにも合わなくなり、酒も合うものが思いつかなくなる。

マヨネーズとは相性のよいビールすら、牡蠣フライ&タルタルを肴に飲むと、口中のハーモニーが、テンポのそろっていないアマチュアバンドみたいになる。

タルタルソースは、ゆで玉子、生玉ねぎといったパンチの強いもので作る。こういうソースは牡蠣フライではなく、チキン、それも胸肉チキンのようなあっさり肉をチキン南蛮にしたものにかけるほうが（足し算引き算をおこなってかけるほうが）合うのではないだろうか。牡蠣フライ＋レモンと塩。あるいは牡蠣フライ＋ウスターソースのみ（ただし中濃ソース不可）だけ。こっちのほうが合う。

味の好みは千差万別だから、あくまでも個人的な感想だが。そもそも、もしかすると自分は「牡蠣フライがあまり好きではないのではないか」ということに最近気づいた。わりと最近まで、自分では「牡蠣フライ＝おいしいもの、うれしいもの」と思っていた。だが、「もしかして、これ、思い込みかも」と気づいてしまった。

メニューにはカタカナで「カキフライ」と表示されていることが多い。「カキフライ」。このカタカナの配置がよい。この配置のかげんが、料理でいうと、おいしそうな盛りつけだ。メニューに「カキフライはじめました♡」などとあると、「わあ♡」と注文する。だが、運ばれてきたものを口に入れた瞬間から食べ終わるまで、「うわあ♡　うわあ♡」と思い続けたことが、何回あっただろうか？　記憶をたぐったところ、一回くらいしかなかったような……。

いっぽう、牡蠣フライを食べたあとに「なんだかお腹がどーんとして、胸のあたりがムカムカしている」と思ったことは？　記憶をたぐったところ、十回や二十回ではなかったような……。

加熱用の牡蠣は、フライより、コンソメやおでんのような澄んだスープ（汁）に入れて食べたほうが、「おいしいなあ」と思った回数が、はるかに多かった。

牡蠣フライというのは、牡蠣のフライなわけで、濡れたかんじのものをフライにするには、けっこう厚くコロモをつけないとパリッと揚がらない。揚げものが苦手（調理するのがじゃなく、食べるのが苦手の意）な者には、実はキツい料理だ。こうして、

「もしかして、私は、牡蠣フライがそんなに好きではないのではないか？」

と、気づいたしだいである。かしわの竜田揚げもあまり得意ではないのだから、牡蠣フライに対して、実はこうだったことになぜ、この年齢になるまで気づかなかったのだろう。

では生牡蠣はどうか？

生牡蠣は牡蠣の醍醐味である。残念なのは、よい牡蠣をいつも入手できる保証、よい牡蠣にいつもめぐりあえる保証がないことだ。

幸運にもよい牡蠣を入手できた場合、ここでまた左党は悩みに悩む。

なんの酒を合わせるかに。

よい牡蠣には二タイプある。クリーミータイプとさっぱりタイプ。

スーパーで運よく入手できる、よい牡蠣は、むき身のパックなので、まずさっぱりタイプである。これの場合、洗って、水気をよくよく切って、小さな焼き網をオーブン皿にのせてトースターで表面を軽く焼いて、レモン塩かポン酢をかける。酒は日本酒。淡麗辛口のもの。

白ワインを開けるなら、レモン塩もよいが、さあ、ここで試していただきたいのはウスターソースとタバスコである。小皿にウスターソースをとり、そこにタバスコをちょっとたらす。これに生牡蠣（さっぱりタイプ）をひたして（お刺身をわさび醤油で食べるあんばいで）食べる。イケる。

中濃ソース文化圏の人は、「エエッ、生牡蠣にソース!?」と思われるかもしれない。落ち着いて読んでくださいね。中濃ソースではない。ウスターソース。ウスターソースに生牡蠣をディップする。ウスターソースはトマトの酸味がきいているので、フレンチで出てくる牡蠣のカクテルソースに近い味になる。

とはいえクリーミータイプのよい牡蠣が入手できたなら、それにこしたことはなく、幸運なこの場合は、レモンだけで幸せが口に広がる。ワインは、ソアヴェか、国産の甲州。

＊

《崩してはどうかペア》の最後は……。

ちょっと言うのに勇気がいるが、「納豆と白いごはん」。

納豆と白いごはんは、押しも押されもせぬ日本一の定番コンビである。文句をつけようものなら非難の嵐にちがいない。ゆえにビクビクしながら告白する。そんなに合うか？いや、合わなくはないよ。でも、ごはんは、口蓋や舌面や頬の内側にツブツブ当たる食感。納豆も同じ。ダブルでツブツブ当たって煩《うるさ》くないか？

付属のタレとへんなマスタードにいたっては言語道断。よけいなお世話とは、あの付属のタレとマスタードだ。あんなもん付けずにちょっとでも値段を下げてほしい。

ごはんに納豆を合わせるなら、ごはんは酢飯にして、納豆には細かく刻んだみょうがときゅうりをまぜる。新生姜の季節なら、これも細かく刻んでまぜる。これを海苔で巻いて食べる、これなら納豆とごはんが合うというのもわかる。

が、納豆には、基本的に蕎麦のほうが合うように（あくまでも私はだが）思う。辛味のある大根をおろして蕎麦つゆですこし味つけしたもの（ジュレ状）と納豆をまぜる。これを冷たい蕎麦のソースにして（パスタの要領で）食べる。

辛味大根ではなく、山わさびをすりおろしてもよい。入手できないときはチューブのホースラディッシュで代用してもイケる。

避けたいのは、冷たい蕎麦を浅めの皿に盛って、上に納豆をのせて、ざざざと冷たいつゆをかける「ぶっかけ冷し納豆蕎麦」の盛りつけ状態にすること。これにすると納豆にも蕎麦にも、うまくつゆが絡まず、ちりれんげかスプーンでつゆを飲み飲み食べてしまう。と、結局、塩分過多になり、WHO的によろしくない。

ほかの食べ方としては、あぶらあげを焼いて、三角に切り、あいだに納豆（辛味大根あえ）を入れて楊枝で閉じて、チョッとお醤油につけて食べるのも合う。ダブル大豆たんぱくなのだが、ごはんより、納豆にはこうした組み合わせのほうが合う気が（私には）する。お笑い芸人のラバーガールの大水洋介さんは、（ラジオでごいっしょしたとき）納豆とキムチをいっしょにあぶらあげに入れるとおいしいと言ってらした。

以上、《崩してはどうかペア》例、もしもし気が向かれたらお試し下さい。決して無理強いはいたしません。

# 三流と三流感覚

まずTV番組の話から。といっても十年ほど前の番組。まだTVが家にあったころ、夜に見た。芸能人が何人か出てきて、一人ずつ部屋に入る。そこには同じグラスが二つあり、ワインが入っている。両方飲んで好きなほうを選ぶ。選んだのが高いワインだったら、次の部屋に移れる。次の部屋には、同じ皿が二つあり、蟹がのっている。両方食べて好きなほうを選ぶ。選んだのが高い蟹だったら、次の部屋に移れる。部屋数は忘れた。二室か三室かな。最後の部屋まで来た芸能人が、一流芸能人だと認定されていた。

一度しか見なかった番組だし、十年ほども前のことだから、多分にうろおぼえなのだが、番組内容を詳しくここにおしらせしたいのではない。「高いほうを選ぶと一流」という現象について話そうと思うのである。

家電ショップなどにはよく「他店と比べてみてよ。もしウチより安いとこあったら言ってよ」みたいなことが書いてある。ネット通販でものを買うときも、どこのショップが最安値か調べてメモっておける機能がある。多くの人にとって、「安いのはどこか」というのは重要な問題である。

だから冒頭のTV番組も、「安いほうを選んでいける芸能人は、はたしてだれか？」と競うのでもよさそうなものだ。でも、そうはなっていなかった。「高い」ことが重要であり、「高い」を選ぶと一流となっていた。

しかしだ。だれもがわかっているとおり、「きれい」とか「おもしろい」とかと同様、「おいしい」も、値段とは必ずしも比例しない。

静岡の酒『磯自慢』を、上戸《じょうこ》（酒飲み）は、

「おお、なんとおいしい『磯自慢』よ」

と思う。だが、

「アラ！　こんなものに4000円もお金出すなんてバッカみたい。『磯じまん』なら300円ほどでごはんがいっぱい食べられるのに」

と下戸《げこ》は思うだろう。

『アラ！』『磯じまん』＝昭和のころ（現在も販売しているのだが）、海苔のつくだ煮は、『アラ！』と『磯じまん』が人気を二分していた。

上戸か下戸かだけでも、こんなにちがう。

「おいしい」というのは、舌と喉の快感だ。それは組み合わせで大きく左右される。

一フード＆一ドリンク（下戸なら、一菓子＆一ドリンク）の組み合わせもさることながら、食事全体を通しての順番、その日の気温、場所、そこに居合わせる顔ぶれ等々、トータルな組み合わせで、「おいしい」になったり、ならなかったりする。

無農薬栽培の小麦を挽いて、エビアンやボルヴィックの水でこねて打って作ったうどんに、工業排水汚染度の低い海で収穫した昆布で出汁をとって、無農薬栽培の大豆で作ったあぶらあげをのせて、無農薬栽培のみょうがをのせたきつねうどんは、とてもおいしいんだろう……。ただし、出費は６８００円くらいになるだろう……。

こんなきつねうどん、私ならプレッシャーでおいしく感じられないと思う。一回くらいは、さすがだと思ったとしても、毎回毎回、きつねうどんに６８００円はかけられない。

もし、「一流＝金をたくさん持っている」なのであれば、二十一世紀現在における超一流は、「口に入れるものはすべて無農薬で暮らしている人」なのかもしれない。

例外的なお金持ちでないかぎり、「体にやさしい」とやらいうものだけを食べてナチュラルに暮らすなどということはできないのではないか。

「体にやさしい」の下に「とやらいうもの」と厭味たらしくつけたのは、やさしくないのに、やさしいとウソをついて売らんかな商品がたくさんあるから、猜疑心が強力に働くのである。

それにまた……、「体にやさしい」ものも、たしかにおいしいのだが、「体にやさしくない」ものが、むしょうにおいしいときだってあるではないか？

私など高度経済成長期に育った。この時代は『チキンラーメン』が文化的と評され、『カップヌードル』を歩行者天国で歩きながら食べるのがナウいと評された。

時代の影響を受けて育ったので、エビアンとボルヴィックでこねた麺を使ったすばらしいきつねうどんと、近所のスーパーで買った冷凍さぬきうどん玉を使って、同じくスーパーの乾物コーナーで買った昆布で出汁をとって、同じくスーパーのあぶらあげとみょうがをのせたきつねうどんとを食べ比べたら、区別をつけられる自信が、私にはない。二日酔い明けの朝だったりすると、マルちゃんの『赤いきつね』のほうがおいしいと思うような気さえする。粉末スープを入れる前に、茶漉でこして、乾燥ねぎを抜きさえすれば。

インスタント麺やカップ麺は、あの乾燥ねぎを抜いて作ると、妙な臭みがなくなって、味がアップする（あくまでも私には）。

食べたもの（飲んだもの）を「おいしい」と感じるかどうか。こんなことは、同一人物でも、その日その時の体調にもよるし、季節にもよる。

暑い季節に外出先からもどってきたときは、冷えた麦茶がおいしいが、寒い季節には冷えた麦茶より温かいほうじ茶がおいしいし、寒い季節でも暖房のきいた部屋では冷えた麦茶がおいしかったりもする。

そもそも、高くておいしいなら、べつにおどろかないではないか。

安いのにおいしいときに、おどろくんじゃないのか？

ボトル800円のワインが、すごくおいしかったら、

「なんて優秀なやつだ」

と、そのワイン（ならびにそのワイン製造者）を褒めてあげるべきで、安いワインをおいしいと思った人が三流なわけじゃないだろう。

もし三流というのなら……、自分がほとんど酒の飲めない体質であるにもかかわらず、連れにロマネ・コンティを注文させたがり、生魚が大好物ではないにもかかわらず、連れに銀座で鮨をおごってもらいたがる。こういう感覚のことでは？

こういう三流感覚の王者を決めるTV番組がもしあったとしたら、それはそれで教育として一流である。

# 魔性の女

魔性の女。

あなたなら誰を頭に浮かべるだろうか。

魔性の女。

私が浮かべるのはラーメンとポテトチップスだ。シメのラーメン。二軒目のポテチ。どちらも悪魔の誘惑を拒みきれない力がある。

ラーメンとポテチは、基本的に体に悪い。高油分、高塩分、高糖質、低ミネラル、低蛋白だ。飲酒も体に悪い。

そして体に悪いものというのは、だいたいおいしい。

飲んだ酒の量が多ければ多いほど、シメのラーメンを欲する。しかも、ラーメンは、意外かもしれないが、ハイボールと合う。

たとえばカジュアルイタリアンでワインを飲んだあと。「飲むのはもうオワリ」と、ラーメン屋に入ったはずなのに、耳元で悪魔がささやいてくる。虫歯予防のポスターに描かれているような三叉槍《さんさそう》（フォークみたいなの）を持った、ニヤニヤ顔の、あの悪魔。

「ハイボールくらいなら、いいんじゃない？」

悪魔はささやく。すると、「そういや喉が渇いた」などと言いわけをして（だれに？）注文する。ハイボールと東京風ラーメンのマリアージュ。「おや、こりゃ、まためまた」な味わいになる。

二軒目のポテチは、たとえば次のようなシチュエーションのときに、悪魔がささやいてくる――。

あっさりした和食（湯豆腐、菜の花のおひたし、白身魚の刺身など）を肴に、しずしずと淡麗辛口の日本酒を飲み、「もう学生じゃないんだから、酒ってのは、こんなふうにオツにしみじみ飲むのが大人だよね」などと、したり顔をしてみせ（だれに？）、風流な暖簾を分けて店を出る。すると、ささやいてくる。

「なんだ、まだこんな時間か。どうです、もう一軒」

と、また悪魔が。

これが突っ撥《ぱ》ねられないんだよ。「おう、そうですね」と、こんどは和食から一転、洋風な店（入り口からウィスキーの瓶がたくさん並んだ棚が見えるような店）に入り、そういう店は乾きものしかないことが多いから、

「じゃ、ポテトチップスでも」

と、「でも」をつけたくらいの気持ちで注文する。

ところが、「でも」をつけたくらいの、軽視の態度で手にしたポテチなのに、パクパクパクッと口に入ってしまうのである！

これが二軒目のポテチ、悪魔の罠。

いわばキャバクラに入って、「こんばんわー」と席に来たコが、そんなに美人じゃなくて、どちらかというとちょいブスで、「なんだ」とちょっとがっかりしたものの、だからこそ緊張せずにしゃべりだしてしまい、すると、このコが明るくて聞き上手で、ついボトル一本入れてしまったよ的な味だ。

世の中の人の大半が誤認している。

「魔性の女」という存在を。

魔性の女というのは、顔がものすごく整っていたり、すばらしいプロポーションの身体つきだとかいう女ではない。こういう女の人は、たんなる美人だ。

また、魔性の女というのは、心根が清いとか、気くばりがこまやかでやさしいとか、あるいは本人に資産があるとか、そういう、なにかメリットのある要素を持った女でもない。こういう女の人は、広い意味で、いい人だ。

魔性の女とは、デメリットのほうがはるかに多い女、メリットがほとんどない女のことである。

こちらの経済状態を悪くさせたり、健康状態を悪くさせたり、精神状態を悪くさせたりする女。でも別れられない。会いたい。それが魔性の女。

食べもの飲みものも、しかり。

湖池屋のポテトチップス『頑固あげポテト・ちりめん山椒味』という期間限定商品。ひとたび封を切ったなら「だれか、だれか助けて〜」と涙が出るほど、やめられない味で、やめられないとまらないのはカルビーのほうのキャッチフレーズだったのに、マノン・レスコーかナナか、まさに魔性の女の味わいで、日本酒の肴にドンピシャだった。

期間限定商品なので、ある日を境に店頭からなくなったが、魔性の女と力ずくで別れさせられた気分だった。

「でも、それでよかったのよ」

と、最後に天使のささやき。

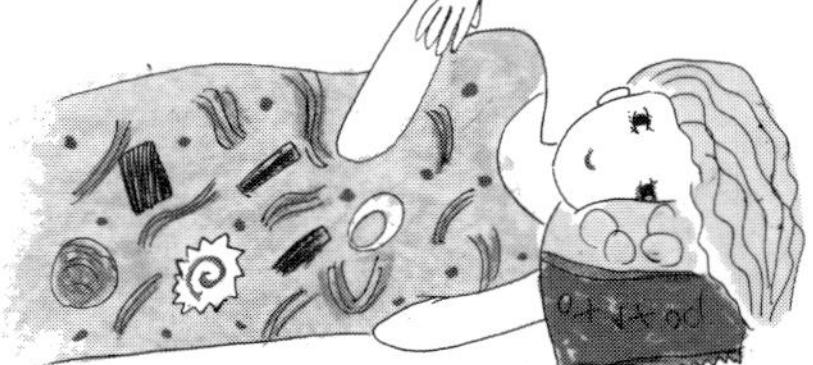

# 『チーザ』の取り扱い

グリコから『チーザ』という商品が出ている。チーズ味のスナック菓子だ。これに何を合わせて飲むか。その答えに嗜好の差が如実に出る。

新幹線に乗っていた私は雑誌を読んでいた。ある文筆家のエッセイに、

「新幹線で『チーザ』とビールを飲むのがサイコー」

とあった。

「ええーっ！」

つい驚きの声をあげてしまった。

『チーザ』でビールを飲むくらいなら、ウーロン茶のほうがよい。

セブン－イレブンの『チーズ鱈《たら》』は、同種他社のつまみより頭ひとつぶん抜きん出ているが、あれとビールを飲むのもいやだ。明治の『カール』も、選べる酒類がビールしかないのなら、ウーロン茶か煎茶のほうがよい。

「じゃあ、ピザとビールもいや？」

という質問が当然、出よう。答えはむろん、

「はい」

だ。すると現れるのが出羽守《でわのかみ》である。

「イタリアではピザを食べるときにワインを飲んだりしないわ。みんなビールよ。でなければコーラか炭酸水ね」

というように、なにかにつけて「～では」と主張してくる人のことを「出羽守」という。「ニューヨークでは」「ロンドンでは」「パリでは」など、おもに西洋国家における事情をおしらせしてくれる出羽守が目立つ。

だが出羽守のおしらせのとおりだったとしても、イタリア人がそうしたいならそうしてくれてまったくかまわないので、私はピザを食べるときにビールは飲みたくないのである。くりかえすが、ビールしか酒類がないなら、出羽守のおっしゃるとおり、ガス入りミネラルウォーターのほうがよい（コーラはいやだが）。

チーズの風味とビールの味が合わないと、あくまでも私は、思うのである。だから、チーズ風味を全面的に押し出した『チーザ』とビールを組み合わせるなどもってのほかだった……。

……だったのだが、ある日、はたと、あることに気づいた。

「もしかしたら、『チーザ』にビールという人は、私が買わない『チーザ』を買っているのではないか」

と。『チーザ』には三タイプある。発売以来、ときどき変わっているが、発売当初は、カマンベール味・チェダーチーズ味・そしてもうひとつだった。

この「もうひとつ」だけを、私は買っていたのだ。カマンベール味やチェダーチーズ味なら、ビールでも、まあまあまあ、合わないこともないかもしれない（甚だ消極的肯定……）。だが「もうひとつ」には、ビールではなくワインが合うと、（出羽守のおしらせのとおりなら）イタリア人は思わないのかもしれないが、日本人の私は、すみませんが、そう思うのである。ワインを飲むときに『チーザ』を買っていたので、「もうひとつ」を買っていたのだ。「もうひとつ」はゴルゴンゾーラ味だ。

『チーザ』のゴルゴンゾーラ味を口に入れて、ちょい噛みすると、ゴルゴンゾーラの匂いがする。そこに（まだ口の中にチーザの破片があるうちに）、ワインを飲むと、口の中でゴルゴンゾー

ラの匂いがさらに強調され、

「おいしー♡」

となるではないか？

「アーモンドグリコ」のキャッチフレーズが「1粒で2度おいしい」なら、「1噛みで2度おいしい」のが、グリコ『チーザ』ゴルゴンゾーラ味だった！

なのに！

販売終了になってしまった。「ひと粒の涙」どころか、何粒も何粒も涙が出そうになった。

現千葉県知事の森田健作が歌う『青春のバラード〜ひと粒の涙』は、グリコのCMソングに使われて1973年ごろ大ヒットした。

「あんなにおいしい『チーザ』ゴルゴンゾーラ味がなぜ販売終了!?」

地団駄を踏んで、気づいた。

「もしかして……、(下戸を除いた)世間のみなさんは、スナック菓子の形状をしたものにはビール、という反射になっているのではないか？」

と。スナック菓子＝お手軽、缶ビール＝お手軽、お手軽とお手軽で合う、という反射になっているのではないかと思いかけ、

「いや、待てよ」

と、さらに思いをめぐらせた。

『チーザ』や『カール』や『チーズ鱈』にビールを合わせる人というのは、そもそもがチーズがめちゃ好きなわけではない」のかもしれないと。ビールをごくごくっと飲むと、チーズの個性は弱まるのだから。

私がチーズものにワインを合わせたがるのは、そのほうがチーズの個性が強まるからだが、強めたくない人が、『チーザ』にはビールだ、と感じているのではないか。

それなら、『チーザ』三タイプのうち、もっともビールに合わないゴルゴンゾーラ味が販売中止になったのも合点がゆく。

宅配ピザのメニューには、テリヤキチキンだとかカルビだとかカレー味だとかがあって、私は注文したことがなかった。ワインに合わなさそうだからだが、これとて、とにかくビールが飲みたいという人にしてみれば、「合いそう」に映るのかもしれない。

あっ、ということは。

ビールが好きな人のほうが、ワインが好きな人よりはるかに多い、ということかも。なに今ごろ気づいてんだよと言われるかもしれない。

私はビールを飲む機会は多いが、エビスビールが苦手である。サントリーのプレミアム・モルツも。サッポロ赤星も。

好きなビールは、ハイネケン、サッポロ黒ラベル、クアーズ、これがないならアサヒスーパードライ。

「えーっ、わたし（おれと）とまったく反対だ」

と言う人がいるにちがいない。そうであろう、そうであろう。ビールが好きな人（ビール党）は、エビス、サッポロ赤星、サントリーのプレミアム・モルツが好きで、アサヒスーパードライを避ける傾向にある。

私は新幹線をはじめとする乗り物内で酒を飲むのが嫌いだが、ビール好きの人は、

「ぷはーっ、新幹線で『チーザ』とビールを飲む幸せ」

などと言ったりする。

つまり、ビール派の人というのは、ビールの味だけでなく、ビールという酒のカジュアルさ、気軽さ、カンタンさにも親愛の情を感じているのかもしれない。

いや、その前に、実はビールが好きな人は酒に強いのかも。

私は酒は好きだが、飲むとすぐにぽーっとするので、乗り過ごしや忘れ物につながるし、乗り物にも弱いので、ときにはムカムカしたりする。それで乗り物内での飲酒が嫌いなのである。

こんなわけで、『チーザ』をどう取り扱うかに、その人の嗜好は端的に出る。リトマス

試験紙のようなスナック菓子である。

ちなみに、その後、グリコは、『チーザ』4種のチーズ味を出してくれたので、すこし涙が乾いた。

# ロンパールーム

『ロンパールーム』という幼児向けＴＶ番組があった。

知らない人のためにひとことで説明すると、若い女の先生と園児六人くらいが、幼稚園でするようなことをするのを見せる番組。

長寿番組だったので、世代によって内容の記憶が若干異なるだろうが、私は幼稚園〜小一のころに見ていた（1964年〜1965年）。

だが、○曜日の○時ごろに見ていたというような記憶がまったくない。「チャンネルをガチャガチャまわしていて、見かけたときに見ることがあった」という記憶の番組だ。チャンネルをガチャガチャまわすという動作が想像がつかない世代もいるだろうが。

調べてみると、当時の近畿地区での放映は月曜～土曜の午前十一時二十分から三十分間とある。幼稚園のときも小一のときも、この時間だとまだ園なり学校にいて、TVは見られないはずだ。祝日や長期休み中に見ていたのだろうか？

『ロンパールーム』という番組は、すべてが私にとってナゾだった。

私は鍵っ子で、兄弟姉妹もいないので、平日は（ときには日曜祝日でも）、十九時くらいより前の時間は、ひとりきりである。

『ロンパールーム』に、ぐうぜんめぐりあうと、自分と同じくらいの年齢の子が、わらわらと五、六人ほど画面に出てくる。これがナゾだ。

ストーリーのあるドラマに子供が出ているなら子役だとわかる（子役、芸能人ということばは知らなくても、TVに出る仕事をしている子供がいるという概念はあった）。素人さんが出てきて歌を順に歌って競うような番組に出てきても、出場したのだなとわかる。NHK『おかあさんといっしょ』で大勢の子供たちが体操をしていても、おかあさんに連れられてきて体操をしているのだとわかる。幼稚園ではよくこの番組を見せられながら体操をしたから、お手本として出ているのだというふうに受け取れる。

だいたい、こうした子役や出場者は非日常なこと（ドラマの役を演じたり、歌唱力を判定されたり）をしている。体操をしている子たちも「TVに出ている体操のお兄さんという有名人」といっしょに体操をしているから非日常なことをしている。

ところが『ロンパールーム』の子供たちは日常のすがたなのである。とある幼稚園を隠し撮りしたような映像がつづくのである。私にはそう映るのである。番組制作側もそれが狙いだったのだろうが、だからこそ、

「なんで、TVに映ってはるの?」

と、ナゾとなる。

「なんでこの幼稚園はTVに映るの?」

と。

だれか大人に訊きたい。家にはだれもいないので、質問できる大人がそばにいない。大人がいるときに質問しても、大人は『ロンパールーム』を見ていないので、私の質問がわからない。

わからないまま、見つづける。

すると、みどり先生、なる大人の女の人が出てくる。

五、六歳の子供の目には、若い女性というふうには映らない。「大人の女の人」と映る。「大人の女の人」は、園児たちに、お話(童話)を読んでくれたり、いっしょにパンチボール(と呼ばれるソフトな材質の大きなボール)で遊ばせてくれたりする。

これがわからない。この人が「みどり先生」であることがわからない。子供には（私には？）、「みどり先生ということになっている人」と映るのである。つまり、有無をいわさず、みどり先生として自分の前に出現してくるのである。

番組制作側が選んだ、ＴＶに出てよい容貌の、若い女性が、「みどり先生」という役を演じているのであるが、それが、五、六歳にはわからないのである。しかも、この役に起用された人は複数いるのだ。みな顔がちがう。それなのに、全員が「みどり先生」なのだ。

後年、愛川欽也夫人となる、うつみみどり（現・うつみ宮土理）は、この番組をきっかけに人気タレントになった。

「？？？」

わけがわからないではないか。

ナゾのみどり先生は、鏡を持って呼びかける。魔法の鏡なるものを持って、

「鏡よ鏡よ鏡さん、みんなに会わせてくださいな、そーっと会わせてくださいな」

と言う。すると、くるくるくる～と画面に渦がまいて、みどり先生の顔が、鏡の枠の中に映る。そこでニコニコ笑いながら、

「マモルくん、お元気ですか？」

「エミちゃん、どうしてますか？」

「チーちゃん、おなか痛いのなおったかな？」

などと呼びかけるのである。

「え？　え？　え？」

もう、私の頭の中は「？」でいっぱいだ。

「マモルくんてだれ？　エミちゃんてどこに住んではる人？　チーちゃんとかいう人は、いつからおなか痛《い》とうならはったん？　顔のちがうみどり先生は、だれのことを指して、だれに言うてはるの？」

がらんとした誰もいない家で、私は『ロンパールーム』に錯乱させられていた。

二十一世紀の園児ならマスコミ慣れもしていようが、アラウンド１９６５年の、田舎の子供は、『奥さまは魔女』のストーリーが展開するバックでゲラゲラ笑っているのは誰なのかとてもふしぎだったのだから、みどり先生のこの特定の人名を出しての呼びかけとなると本当にわけがわからなかった。

わけがわからず、不安な心地で見ていた『ロンパールーム』であったが、ぐうぜん見かけると、チャンネルをそこにとどめたのは、ひとつにはパンチボールが頗《すこぶ》るおもしろそうだったことと、もうひとつ。吸い込まれるように惹きつけられるコーナーがあったからだ。

「おやつ」の時間だ。

園児用の小さな椅子と机。みどり先生用のちょっと大きな椅子と机。先生を真ん中にして園児たちは（画面に映りやすいように）横一列に席につく。各席に「おやつ」が用意してある。

「じゃあ、みんな、おやつの前にはちゃんと手を拭きましょうね」

ナゾのみどり先生は机に用意されたおしぼりで手を拭く。園児たちも倣《なら》う。

「それでは、いただきます」と手を合わせるみどり先生。園児たちも「いただきます」と手を合わせる。そして、いよいよ「おやつ」が園児と先生の口に入る。

ここだ。

「アア」

ＴＶの前で私の口は開く。

「おいしそう！」

胸が高鳴る。

「私も欲しい」

羨望する。

『ロンパールーム』を見たことのない若い読者は、「ストロベリータルト？　アーモンドチョコ？　番組スポンサー提供の特製プリン？　それとも１９６０年代だから凝った細工の和菓子とか？」などと、想像を膨らませるかもしれない。

一気に落胆させてさしあげよう。彼らは……、牛乳を飲んでいただけだ。そう、たんなる牛乳だ。英語でミルクだ。

たんなる牛乳が、各席のプラスチックのカップに注いであり、おしぼりで手を拭き、「いただきます」と言って飲むだけなのである。それだけだ。

もしかしたら乳酸菌飲料だったかもしれない。だが、とにかく「ただ、それだけ」なのである。

しかし、みどり先生が「おやつにしましょうね」と言うときの、「おやつ」という発音の、「つ」の音。

おしぼりで手を拭くさいに園児たちの椅子が、ガタ、とわずかに動く音。

園児たちの洋服のカサというかすかな衣擦《きぬず》れ。

みどり先生のコツというかすかな靴音。

そして皆でそろって飲む間の沈黙。

それぞれ、ごく一瞬にすぎないのだが、見ているこちらには、強烈に訴えてくる。

やがて沈黙は、最初に飲み終わった子によって破られる。プラスチックの、把手のついたカップを机にもどすときの、かち、という音で。

次に飲み終わった子の音も重なる。カップ一杯の牛乳を飲むだけだから、飲み終わるスピードに大差のあろうはずもない。

かち。コト。かた。

こうした音のどれもこれも、どうということのない音である。とくにカップの音などは、安価代表のプラスチックの音だ。にもかかわらず、たまらなく食欲を刺激してきた。

ある日、ＴＶを見ていてがまんできなくなった私は、台所を物色し、盆を取り出し、把手のついたカップも取り出してのせ、冷蔵庫の牛乳を注ぎ、それから洗面所のタオルを水に浸してしぼり、それも盆にのせると、そろりそろりと運んだ。椅子とテーブルのある部屋まで。

「さあ、おやつにしましょうね」「いただきます」。みどり先生役と園児役の一人二役（というか一人六役？）をこなして、わくわくして、カップに口をつけ、飲んだ。ＴＶに出てる子たちがしているように。

結果は？

もちろんがっかりだ。

まあ、まずくはないが、牛乳は、当然ながら、ただの牛乳だった。自前の「おやつ」には、魅力的な音がなにもなかった。

だが。あのコーナーは、決して音だけが調味料だったわけではあるまい。ただの牛乳を、

『ロンパールーム』は、なぜああも、おいしそうに見せたのだろう？　何が味覚に加味されていたのだろう。ナゾの『ロンパールーム』である。

# 最強のレシピ

レシピといえばガッツ石松さんだ。

『10キロならすぐやせられる——食べて飲んで脂肪を落とす9日で10キロ減量法』という著作があるのだ。

1984年に出た。版元は青春出版社。『試験にでる英単語』を大大大ヒットさせた出版社で、ガッツさんの本も、けっこうヒットさせた。なんといってもタイトルが購買心をわしづかみにする。元ボクサーが言うことだからきっとホントだ、10キロ「も」やせられる、「すぐ」やせられる、しかも「食べて飲んで」。「よし、これなら」と、人々のハートに、魔女っ子メグのようにしのびこむ。

1984年刊といい、魔女っ子メグといい、ノリが古くてすみませんが、この本を私が読んだのは2000年代だった。

たとえば、一カ月で五キロやせたいなら……。

朝食＝果物少々・野菜少々・お茶一杯
昼食＝サンドイッチ一皿・野菜一人前・コーヒー一杯・水一杯
風呂＝三十〜四十分
夕食＝ビール一本・ご飯、茶碗半分・おかず少々・つまみ少々
就寝前＝ウィスキー水割り一杯（他の水分も同じ）

なんだそうだ。

「え、ダイエット中なのにビールもウィスキーも飲んでいいの？　そっか、『食べて飲んで』ってタイトルに書いてあるもんね……」

読者はとまどう。元ボクサーのジャブに。

「でも、野菜一人前って……。どういう野菜を、どれだけなら一人前なわけ……？　おかず少々って……。おかずって……。どういうおかず？　つまみも……、ただ、少々って言

われても……」

質問したくても、すばやくかわす元ボクサーのフットワーク。

ボクサーではない人が、元ボクサーの厳しい減量体験を参考にしてダイエットしようとして読むならまるで不向きな本である。が、エッセイとしては名作である。思わず笑ってしまうパンチだ。

さて、当項はレシピについてである。料理が好きな人には、レシピを見ない人がけっこういると思うのだが、どうだろう。

料理が好きな人というのは、調理が好きなわけではなく、食べるのが好きなわけだから、「ああ、こういう味が口の中に入ってきてほしい」という欲求が猛烈にわき、わいた欲求にもとづいて作るため、レシピを見る必要がなくなるのではないかと思うのである。

もちろん、プロの飲食店店主さんは、お客さんの欲求に応じて料理をするわけだから、レシピを作っておかないとならないし、家族のいる人が家族からのリクエストに応えようとするときにも、レシピはあったほうがよい。

でも一人で食べて飲む場合には、秤《はかり》もまず使わず、計量スプーンも使わないのではないだろうか。

私の場合は、三十年くらい前に酒屋さんからもらった直径20㎜、高さ４５０㎜くらいの、いかにもちゃちな杯で、ほとんどの計量をまかなっている。

キッチン用品店でステンレス製の計量カップを買ったこともあったのだが、カップに刻まれた目盛りを見るのがめんどうで使わなくなってしまった。

その点、酒屋さんのおまけ杯はガラスなのだ。透明なのだ。酢でも醤油でもオリーブオイルでも、量を目で実感できる。

この杯にはまた便利なことに、底から1／3くらいのところにスジが入っている。このスジは計量目的ではなく意匠だと思われるが（個人的に食べるぶんごときは）このスジ一本を基準にしたのでことたりる。

その日の体調、その時の料理に合わせて、酢や油や醤油や砂糖を、「キモチ多め」「少なめ」「チョーちょっぴり」等々、テキトーな調整で投入している。

おいしそうな写真を雑誌（『ｄａｎｃｙｕ』など）で見ると、その写真をじーっと見て、レシピはチラ見して、そして台所に立つと、写真を思い出しながら、冷蔵庫を開けたりスーパーに行ったりして材料をそろえ、くだんのおまけ杯で味付けするわけである。


あるとき、知人夫妻の家を訪れた。

夫妻はともに早稲田大学を、１９７５年に卒業している。

「二人で『モンシェリ』という喫茶店でよく待ち合わせたものよ」

と、若かりし日のロマンスを話してくれた。

「モンシェリの斜め向かいだか隣だかに、ラーメン屋があったよね」

「あったあった。そこのタンメンが妙にうまかった」

「うん、あそこのタンメンね。おいしかった。なんていう店だっけ」

妻は記憶をたどり、夫はネットで検索をしたが、

「もうないみたい」

という結果だった。

「ああ、ないと思うと、むしょうに食べたくなってきたわ」

「そうだな、あそこのタンメンをもう一回食べたい」

二人が言うので、私が「もどき」を再現してみることにした。

「そのタンメンでおぼえていることを言ってください」

訊ねると、二人は、「もやしが多かった」「そうお？　キャベツが多かったわよ」「もやしだよ。もやしとにんじんが多かった」「肉はあんまり入ってなかったわよね」「ハムで代用してなかったか？」「ハムではなかったと思うけど、安っぽい味だったから、それでハムで代用してるって思ったんじゃない？」と言い、すぐにまた「あのころ、××さんがホ

ットパンツでロングコートを着てたわね」「そうそう、すっげえ大人の女という雰囲気だったなあ」などと思い出話にもどった。

夫妻の冷蔵庫には野菜はあったが生麺はなかったので、それだけ、夫妻宅の向かいの小さな八百屋さん（野菜以外のものもちょこちょこ売っている）で買ってきて、戸棚にあった、いつも私が使っている「酒屋のおまけの杯」みたいなショットグラスを拝借して、

「ホットパンツにロングコートのファッションがイケていた時代の、早稲田大学近くの喫茶店モンシェリの、そのまた近くにあったラーメン屋さんのタンメンの味もどき」を再現してみた。

結果はどうであったか？

「これだ。これだよ。まさにモンシェリのそばにあったラーメン屋のタンメン」

「よくあんな説明で、こんなにそっくりに作れたわね」

夫妻に褒められた。

だが、私でなくても、おそらく誰でも再現できるのである。このページを今読んでいるあなたが作っても、夫妻はベタ褒めするだろう。

なぜなら、二人は思い出を語ったことで、舌の髄から郷愁に包まれていたのである。この状態なら、「たんに安っぽい味のラーメン」さえ作れば「そっくり」だと感じる。

その時の気分に合わせる。

これぞ最強のレシピだ。

こう締めくくりながら、「その時の気分に合わせる」って、ガッツさんの「おかず少々」と同レベルの説明だけれども……。

# サンマ・グラフィティ

昭和三十七年。

四歳の私は、道ばたに立って、背中を見ていた。大人の背中だ。まるまっている。頭が地面にくっつきそうだ。大人は炭で火をおこそうとしている。しゃがんだ大人が火のあんばいを見るたび、じゅり、じゅり、と道の小石が音をたてる。秋。夕方。自動車なんか通らない。自転車さえまれにしか。

「おいしいもんを作ったげるさかいな。待ってえな」

私を預かってくれていた大人は、ふりかえり、コンロに金網をのせる。コンロの胴体は肌色で、地面近くに焦げ茶色の小窓のようなものがある。そこを開け閉めして、火の調節をするのだが、四歳の私は機能まで理解していない。ただ「小さい窓みたいなとこ」と思っているだけだ。

この道具を使って大人が火を使うのは、いつのころからか知っていた。太陽が西に傾くころになると、この道具を道に出して、魚を焼いたり、鍋をかけたりしているのを、よく見た。

「今日はサンマやで」

大人は私に言う。金網にのった細長い魚。大人が手にしたうちわが動く。そのうちいい匂いがしてくる。

数十年の後。

同級生数人で集まったおりに、

「学校に入る前くらいは、みんな、コンロを外に持ってって魚を焼いてはったもんやけどなあ。なつかしいなあ」

と私が言った。すると、全員が、嘘だと笑った。

「嘘やん。そんなん、戦前の人がやってはったことやん」

「いくらわたしらが年とったゆうたかて、それはもっと昔のことやろ」

私はぼんやり返した。

「そうかもしれない」

と。同意したのではない。多くの人は、学齢前の体験をおぼえていないのだろう。そんなものなのだろうという意味の、そうかもしれない、だ。

四歳の記憶で、私がコンロと言っているのは、七輪のことである。コンロというと、室内にあって、ガスを使って煮炊きするものが、現代社会の人々のイメージなので、これと区別するためにか、かつての、炭や練炭で火をおこすものは七輪と呼ぶようになったのだと推測される。

「炭屋さん」(私を預かってくれていた大人は、燃料屋さんのことをこう呼んでいた)が、月末に集金と御用聞きに来ると、「ほな、炭と練炭をいつもの数だけお願いしときますわ」などと注文していた。そんなことまではっきりおぼえているのだが、では、そのころに焼いてもらったサンマを食べて、自分がどう感じていたか、その記憶はない。

＊

さておき、「コンロ(七輪)を、自宅の外に出し、炭をおこして、焼く」という方法は、魚を焼くには最適の方法であろう。

炭火焼きは魚の身をじっくり加熱するし、かつ、焼くおりに出た煙が室内にしつこく残らない。

冒頭の昭和三十年代からは時代を進め、昭和四十年代。このころに住んでいた家では、台所のガスコンロで魚を焼いていた。焼いた後は、一週間くらい台所近くの部屋が魚臭くなったものだ。焼いた時に出た煙のせいもあろうが、バーナーの金属部分に滴《したた》った魚脂がこびりついて、そこから魚臭さが漂い続けるのである。

＊

昭和五十年代。

大学生になって自炊を始めた。

すると魚は、とうてい焼けなくなった。

家賃の高い東京で、家賃を安く抑えようとした狭い部屋には、形ばかりの台所しかない。そこで魚を焼いたりしたなら、二カ月半か、場合によってはワンシーズン、四畳半に魚の臭いが漂い続ける。

「なんとかいい方法はないものだろうか？」

サタデーナイトにフィーバーして、ソニーの（現在からすればどでかい）ウォークマンで音楽を聞くのがナウいとされたころの大学生は、思案した。

ある日、A子ちゃんという女子学生と知り合った。

A子ちゃんのカレ（恋人）はA男くんといい、山岳部だった。

A男くんは言った。

「登山での食事の支度には、固形燃料を使うんだよ。固形燃料で湯を沸かしたり、レトルトパウチ食品を温めたりするんだ」

と。固形燃料というのは、和食料亭のコース料理でときどき出てくる、一人用小鍋で用いる、消しゴムくらいの大きさの、火をつけて燃やすやつがあるよね、あれだ。

私は手を打った。

「固形燃料！　それは魚焼きに使えるのではないか」

と。どこに行くと買えるのかとA男くんに訊くと、登山用品専門店のほか東急ハンズでも売ってるよとのこと。さっそく買いに行った。

そして魚屋で生サンマを二尾買ってきた。

学生時代に住んでいたのは、女子寮式アパートである。大学寮ではない。民間の「女子専用」というアパートがよくあった時代である。現在の女子学生マンションとはちがう。もっとオンボロの、修学旅行で泊まるような（といっても、今の中高生の修学旅行もホテルだからわからないか……）、木造の、二階建ての、玄関（出入り口）が一つだけある建物。ドアを開けると、ドデーンと管理人さんが見張っていて、住人の女子しか出入りできないようになっているもの。話は逸れるが、こういうところは便利だった。セールスも来ないし、新聞もアパートで一紙とればよく、防犯の面でも不安がなかった。

この女子寮式アパートは代々木にあった。今の代々木は栄えているが、昭和五十年代は、新宿と原宿・渋谷に挟まれてエアポケット的にのどかだった。玄関の前に、ごく小さな空き地があった。

私はこの空き地に、煎餅の詰め合わせが入っていた、金属製の平たい箱を持っていき、そして中に固形燃料を置き、金網をのせて、サンマを焼いた。

サンマは秋刀魚と書くくらいだから長細い。金網からはみ出る。だが、私が用意した金網は、目の粗い、二枚の網で魚を挟むタイプだった。尻尾と頭が網から出ていても、柄を持って、移動させることで、全体を火で炙《あぶ》れた。

「うまくいくかなあ」

びくびくしながら焼いたが、豈図《あにはか》らんや、けっこううまく焼けた。皿にのせて、部屋に運んだ。

「どれどれ」

焼きたてのアツアツのサンマにうすくち醤油をかけて口に入れた。

今なら「まあまあ」くらいの感想かもしれない。だが当時は、セブン－イレブンに便利な焼き魚パックが売っているわけでもなく、定食の大戸屋があちこちにあるわけでもなく、部屋に電子レンジがあるわけでも（スペース的にも置けるわけでも）なく、安価に魚を自室で、しかも煙を出さずに食べようとするなら、カンヅメしか方法がなかった。そんな時代の、アツアツの焼いたサンマなのだ。

「こりゃ、イケるじゃないか」

たちまちの夷顔《えびすがお》である。後片付けも簡単だった。

金網は洗ったところで魚臭さが抜けないが、金網だけのことなので、部屋全体に影響するものではない。名案の調理方法だった。

私が学生だったころは、ワインはまだ一部のツウのあいだでのみ飲まれる酒だったから、サンマも秋鮭も、酒の肴ではなく、小松菜やほうれんそうのおひたしとともに、ごはんのおかずにしていた。

＊

昭和六十年代。

ワインがメジャーな酒になった。

左党の私はすぐに気づいた。白ワインとサンマが相性ばっちりなことに。

ところがだ。昭和六十年代になると、こんどは「ちょっとした空き地」というものを、見つけにくくなった。見つけたところで、固形燃料を燃やす、という行為が許されそうもなくなった。

そこで次なる工夫をして、現在に至る。

魚専用のフライパンを決めておき、そこにクッキングシートを敷いて焼くことにした。味としては、固形燃料で焼くのに負ける。が、調理後や食後の、室内に充満する魚臭さをなくすためには、いたしかたない。

では、用意するもの。酸っぱみの強い、辛口の白ワイン(冷やしておく)。焼きサンマ。それと、にんじん多めの炒りおから。サンマにもおからにもレモンをしぼる。この二皿に冷やした白ワイン。ばっちりだ。もうひとつ添えるなら中秋の名月、かな。

# 東京の雑煮、滋賀の雑煮

滋賀県生まれである。大学生になって上京するも、両親や親戚が高齢であったため、みなほどなく病床につき、連休や長期休暇のたびに様子見に帰省せねばならなかった。とくに正月は当然。したがって雑煮は、自宅か親戚の家でしか食べたことがなかった。こんなことを打ち明けるのは、

「わりに多くの人が、雑煮に関しては視野が狭いのではないか」

と気づいたからだ。

道路交通情報で「帰省ラッシュ」ということばが飛び交うように、正月というのは身内と過ごす人が多い（年々、減っているかもしれないが）。すると身内の雑煮しか経験しないことにな

る。転校や転勤が多かったとしても、「越した先々で、両親や兄弟姉妹と手分けして、その土地の雑煮について聞き込み調査をして作った。各地の雑煮を食べて育った」というような人は（いるかもしれないが）きわめて少ないだろう。

*

昭和四十二年の正月。小二の三学期前の冬休みだった。

「あけましておめでとう。遊ぼう」

近所の同世代の子が三人、わが家に来た。やって来たときから私が応対した。だから子ら三人は、大人は年始挨拶に出ていて家には私だけなのだと思ったようだ。私の部屋で、「坊主めくり」などをしながら、子供だけで遊んでいた。そのうち昼時になった。

「東京の雑煮を作ったから食べるとよい」

父親が、蓋付椀に雑煮を作って持ってきた。

遊びに来ていた子らは、持っていたかるたの札をばらりと落とした。

わが父は、妻（私の母）からも、子（私）からも、親戚からも、さらに、近所の人からも、ものすごく怖がられていた。理由は省く。


省くのは私にさえわからないから。もし気にされる人がいたら『謎の毒親』『昭和の犬』参照の上、教えてください。

三人の子らの顔には如実に恐怖の表情が浮かんだ。ボリス・カーロフ演じるフランケンシュタイン博士の人造人間が現れたかのように。

私の腋下から一気に冷や汗が噴出した（していたと思う）。せっかく来てくれた子らを落ち着かせるために、なにかおどけたことをしなくてはならない、どうしたらよいだろうと焦るが、いい方法やいいひとことが思いつけない。

父親は平素、食事の支度を手伝うような人ではない。まったくない。TVのチャンネルを変えるのも他人を使う。

それがこんなことをしたのは、おそらくこの日、自分が「東京の雑煮」をふと食べたくなったのだと思う（今、書いていて思うのであって、この日の、このさなかには、ただ焦っていてわからなかった）。陸軍士官時代、食事係が関東出身で、関東の味付けにするのがいやで、よく作り直した、というようなことを客人に話しているのを耳にしたことがあるから、料理ができないわけではなかった。

凍った部屋で、救い主が声をあげてくれた。

「わー、すごい。東京のお雑煮やの？　ありがとう」

遊びに来ていた三人のうち、ＮＨＫ朝の連ドラヒロインタイプの、だれからも好かれる元気で明るい子が言ってくれたのだ。

（ありがとう。ありがとう）

私はホッとし、心中で彼女を拝んだ。

が、ホッとしたのも束の間。

「えーっ」

子供たちは（私も含め）叫んだ。蓋を開けたお椀の中を見て、

「なにこれー!?」

全員、叫んだ。

「愕然とした」という表現は、この日のこの時の、滋賀県の、計四人の子供にとり、まったく大袈裟ではなかった。

「……」

叫んだ後は絶句した。

蓋を開けたお椀の中は……。

おすましのつゆ、焼き餅がちゃぽんと浸かって、小松菜とぴらっとした蒲鉾。

「東京では、これがお雑煮である」というような旨を短く言うと、父親は子らの前から立ち去った。怖がられている彼が部屋からいなくなると、

「嘘や！　ぜったい嘘や！」

大きな声で、近所の子供たちは言った。

「こんなもんがお雑煮やなんて、ありえへん！」

と。そして、父親は、我々を子供だと思って、冗談でひっかけてみたのだというような結論を出した。

「きっとお雑煮の材料が切れてしもたんやわ」と。

「あんたのお父さん、怖い怖い人やと思ってたけど、ユーモアなとこもあるんやね」と。


ユーモアなとこ、という言い方はヘンなのだが、当時の田舎の小学生なのでユーモラスという語彙がないのである。


姿を見ただけで恐かったわが父に対して、ユーモアなとこもあると、評価が激変するほど、それほど、正月の雑煮のつゆがおすましな状態は、滋賀県の子供には信じられず、受け入れ難かったのだ。

この日びっくりした、われら滋賀県の子供たちにとって、お雑煮とは、

「まるいお餅で、白味噌で、金時にんじんと八頭《やつがしら》が入って、アツアツのときに鰹節の荒削りをふりかける」

こういうものしかありえなかった。

*

現在でこそ、各地の雑煮を紹介するＴＶ番組があったりするから、大勢の人には、

「お雑煮は各地によってちがう」

という認識がある。

だがそれでも正月には、「自分が思っているお雑煮」を食べてきた（食べている）のではあるまいか？

遠方に嫁いだりするなどの諸事情で、それを食べていない場合、「ああ、自分が思っているお雑煮が食べたい」のではあるまいか？

高校の同級生（生まれ育ち・現住所は京都滋賀のどちらか）数人に、この年齢になって初めて、お雑煮について訊いてみた。同郷の同級生とは、中高時代にはかえって「あんたとこ、どんなお雑煮？」などという質問はしないものだ。

質問して、驚いた。同郷の同級生でも、白味噌ではない家の人もいたのだ。同市内家庭でさえ「自分が思っているお雑煮」には、けっこうバリエーションがあったのである。読者諸賢のお雑煮や如何に。

# 早食い・大食いに、涙する

早く食べるスピードを競う。

たくさん食べる量を競う。

こういうイベントやＴＶ番組が、私は大大嫌いだ。目にすると泣いてしまう。いたたまれなくなり、涙が噴出する。

性格的にせっかちで、早く食べてしまう人もいるだろう。

職業的に忙しくて、食事の時間が長くとれない人もいるだろう。

体質的にたくさん食べられる人、立場的に（運動選手や重労働についている等）たくさん食べないと身がもたない人もいるだろう。

食べるスピードや量は、各人の状況によって適切な値が異なるから、みなそれぞれ、自分に合ったスピードで、自分に合った量を、食べればよいではないか。

それをなぜ、衆人環視の的にして、スピードを競わせたり、量を競わせたりするのか。

この種の見せ物に出くわすと、本当に泣く。

『お饅頭とお母さん』を思い出す。

小二のころ、だれか明治生まれのおばあさん（自分の祖母という意味ではなく一般名詞）から聞いた。こういう題ではなかった。便宜上、題名をつけた。私に話したおばあさんも、だれかおばあさんから聞いたそうだ。筋はやや不確かだが、だいたいこんな話だ。

——ある所にお母さんと小さな子供がいた。ある日、子供が悪者にさらわれた。さらった悪者は、お母さんに言う。「ここにある饅頭を全部食べきったら、子供を返してやる」と。饅頭は山のように積んである。お母さんは饅頭を食べた。最初は甘くておいしかったが、すぐにお腹が苦しくなってきた。それでも子供を返してほしくて必死で食べた。そしたらお腹が破裂してしまった——

ひどい話である。民話というより、過食を戒める訓話だったのだろうか。聞いた私は、話したおばあさんの前から走って逃げた。だれもいないところまで。そして、大泣きした。

『気のいいがちょう』という歌にも泣いた。

小五のころ、音楽の時間に、一度だけだったが、レコードかテープかで聞かされた。川を渡りたいがちょうが、カラスに「水を全部飲めばよいぞ」とけしかけられて、川の水をがぶがぶ飲むという歌詞。

授業中だから逃げ出すわけにはいかず、放課後、ひとりで音楽の教科書をゲンコツで叩いて泣いた。歌詞の悲しさもさることながら、この歌を聞いてゲラゲラ笑った子がけっこういて、その笑い声に対する憤りもあった。

『お饅頭とお母さん』や『気のいいがちょう』に比べたら、早食い大食い競争は、本人が望んで出ているのだからいいではないかという意見もあろう。単純に、見ているのがおもしろいと思うカンカクもあろう。人それぞれというならば、それぞれの一人として私は、早食い大食いの競争は、泣くほど悲しい。

そんな私は滋賀県出身である。関東では、何百回言ってもおぼえてもらえない県で、故郷がニュースや話題になることなど、まずない。それが2016年の11月にNHKはじめいくつかの媒体のニュースに出た。

滋賀県の彦根市で、JA東びわこ主催の「おにぎり早食い競争」がおこなわれ、出場した男性が、おにぎりを喉に詰まらせて意識不明になり、亡くなったのである。二十八歳だった。

ニュースを見て、私は涙がとまらなかった。二十八歳。きっと陽気に元気に、イベントに出場したのだろう。始まる前は家族や友人とにぎやかにはしゃいでいたのではなかろうか。それが、おにぎりを早食いして帰らぬ人となったのである。なんといたましい事故。

紛争や災害で、食事どころか水さえも飲むことがままならぬ地域もあるのである。蛇口をひねれば水が出て、つまみを回せば火がついて、店には食材があり、おいしい料理ができる。こんなに恵まれているのだから、ねえ、ゆっくりと、味わって、食べようよ。

# ナショナルの炊飯器

昭和三十年ごろ発売の、ナショナルの電気炊飯器。ＢＳ－０４－４８３８。このアルファベットと数字が、読者に思い出してもらったり画像検索するための有効な情報になるのかどうか。郷里の家を壊すさい、急いで控えたメモだ。

釜と蓋は銀色。これを外側の、白い、温める部分にカパッと入れて、ガチンとバネ式のストッパーで止める。電源コードにはざらつく手触りの黒い布が巻きつけてあった。

校正者さんによる感嘆の調査によると、ナショナルＳＰ式自動炊飯器・CAT.NO. 4837ではないかとのこと。オークションサイトに出ていたという写真を見せてもらったところ、私の記憶にあるものとほぼ一致する。

壊した家の、前の、さらに前の家に住んでいたころから、この炊飯器をわが家では使っていた。

平成五年まで現役で稼働していた。

わが家が空き家となり、ナショナルがパナソニックになってからも、無人の台所の隅にずっとあった。

炊き上がってくると、蓋から蒸気というか、吹きこぼれが出る。その防止のために（だと思うのだが）リングが付属されている。

釜に蓋をして、蓋よりわずかに大きい直径のリングを、釜と蓋の隙間にポンと置くあんばいでかぶせ、全体をストッパーで止めてスイッチを入れる。

私には兄弟はいない（姉妹もいないが）。家は山中の一軒家だった。つまり、そばに男の子はいなかったのだが、三歳か四歳のころの私は、弓や刀や自動車や電車に絶大な関心があった。

しなる笹の枝の両端を紐で結わえて弓にし、ハタキをズボンのゴムに差して刀にし、風呂敷のマントを首からかけて、車を運転した。

運転するのに弓と刀を持つ必要はなかろうに、ごていねいな装備で、椅子にこしかけて、テーブルの上で（空想の車の）ハンドルを切る。

このドライブ時に、ハンドルに用いるのが、いつもナショナル炊飯器のリングだったのである。

ごはんを炊かない時（炊飯器を使用しない時）には、台所のどこかのフックにひっかけられるよう、小さな三角の金具がついていた。それがハンドルを切るたびにチャリチャリと鳴るのが小気味よかった。

そして、この炊飯器から出た「おとし」が好きだった。

ごはんを炊いた釜や鍋には、ごはんつぶがたくさんくっつく。水をしばらく張っておいてザルに流すと、ごはんつぶが残る。それを「おとし」と滋賀では呼んでいた。

粘り気は失われ、いわば味気ないごはんになるのだけれど、あのさらさらのそっけない味が私の気に入りで、「おとし」に、日野菜《ひのな》の浅漬けを添えて食べるのが大好きだった。

今の炊飯器はテフロン加工されているから、「おとし」を作ろうにも、ほとんど量がとれないが、それでもスプーン一杯くらいはとれる。

日野菜を添えるほどの量でもない。そうっと口に運ぶ。「おとし」の香りが鼻腔に抜ける。時間が猛スピードで過去にもどる。空想ドライブに没頭していた三、四歳のころに。

# とめてやれよおっかさん、手元のシャネルが泣いている

## 1

「慶子先生に叱られないように」

慶子先生に教えていただいたのは小学生のときで、そのころの先生より、ずっと年上になった今でも、私は思うのである。

慶子先生には家庭科と音楽を教わった。昭和四十年代の田舎の公立小学校では、担任が男性教諭だと、家庭科と音楽だけ、別の女性教諭が担当することがよくあった。

家庭科と音楽の時間になると男の先生に代わって来てくださる女の先生。昭和四十年代

だから白いブラウスに紺のスカートで、松原智恵子みたいな、紺野美沙子みたいな、高島彩みたいな……といったイメージを抱かれる読者が多いかもしれないが、ちがう。

慶子先生は、ひとことでいうなら、恐かった。ほかにも恐い先生はいたが、みな男性で、その男性の先生すら手を焼いてしまう男子児童が、慶子先生の授業では、借りてきた猫のようにおとなしく身をちぢこまらせた。

風貌は、現在の著名人でいえば、同志社大学大学院の浜矩子《はまのりこ》教授。そっくりだ。声も話し方もうりふたつといってよく、浜教授を動画ニュースサイトや新聞で見たとき、「えっ、慶子先生?」と思ったくらいだ。

慶子先生には迫力があった。ものすごい威厳があった。かつ、なんともいえない茶目っ気があった。茶目でアプローチされた児童は、先生に応じているうち、自分の過ちや悪かったところに気づかざるをえなくなるので、厳しく叱られても納得がいくのだった。

慶子先生は、食事の所作を厳しく注意なさった。食べる時に肘をつくな。足を組むな。小笠原流のとおりの順番で食べなくてよいから、とにかく箸だけはきれいに持て。犬猫のように口を食器の方へ持っていくな。

慶子先生に叱られないようにと、食べる時にはずっと注意してまいりましたと断言したいところだが……だめですね。こんなところを先生が御覧になったら、あの迫力の大目玉をくらうであろう見苦しい所作をすることがたびたびある。足が疲れている時などつい組んでしまっており、まことに恥ずかしい。

疲れていると少しでも高い位置に足を上げて、停滞した血流を心臓側へもどしたくなるため。

ＮＨＫのＴＶ番組に、チコちゃんという叱る人形がいて、チコちゃんに叱ってもらうのが流行っているのだと聞いたが、ぜひＮＨＫには、慶子先生人形も作っていただきたいものだ。でも不可能だな。あの、茶目っ気で相手を納得させつつ、迫力と威厳もある叱りを再現できる人材が、二十一世紀の日本にはいないかもしれない。

美しく箸が持てる、美しく箸が使える。こんなことには価値などないとする教育が、いつごろからか学校でも家庭でも、スタンダードになってしまった。

## 2

「Ｂ（外国のサッカー選手）がしゃべっているのを聞いたら、エーッてなりました」

よく行く美容院の美容師さんが言った。

「サッカーしているところとか写真見て、かっこいいと思ってたんですけど、ニュースでしゃべっている声とか、しゃべり方を聞いたら……」と。「百年の恋も冷める」という言い方があるが、恋が冷めるというまでの大事ではない、この美容師さんくらいの落胆なら、よくあることだ。

昨日、私にもあった。

他人に対して落胆するなどという行為は、「自分のことは棚にあげて」な行為である。なので、打ち明けるにあたり相手の名前は伏せる。女優Kとだけ記す。

私は長くKの外見に惹かれていた。出た映画を見たことはなかった。私よりはもっと上の世代が熱中した時代のスターなのである。映画史を語るような記事やエッセイに出ていたスチール写真を見て、すてきだなあと感心していた。

当時の女優さんの中では、浜美枝には及ばないものの、スタイル抜群だった。ポスターの水着姿には、浜美枝とはまたちがう、颯爽とした雰囲気があった。そしてシャープな頬と、鼻梁のはっきりとした顔は、同性（女性）から憧れられるタイプの造作だった。

そのK主演の映画を、昨日、初めて見たのだ。

DVD化されていない映画の貴重な上映であった。ところが作中に飲食シーンが三カ所ほどあり、これを見て、「うぎゅう……」となった。

Kは女子大学生役である。まず、学食（寮の食堂）で、焼魚とごはんと味噌汁といったメニューを食べるシーンが出てくる。女子大学生寮なのに、大きな丼にごはんが山盛りなのは、「もはや戦後ではない」をアピールせんとした昭和三十一年公開映画だからなのか。時代に思いを馳せていると、Kが食べ始める。「うぎゅう……」と妙なうなり声を、喉の奥で堪えたのはこのシーンだ。Kは肘をついて食べるのである。

若者の行儀の悪さに眉を顰めるさい、「まったくもう、今の若い娘ときたら」などと言われてきたものだが、この場合どう言えばいいのだ。「まったくもう、昔の若い娘ときたら」か？

肘をつくばかりでなく、箸の持ち方も見苦しく、「うぎゅう……うぎゅう……」と、映画の本筋とは関係のないところにばかり目がいってしまうのは、映画自体が不出来だったせいもあるのだが、ナイフとフォークを使ってステーキを食べるシーンでは、「あじゃー」となった。

Kは、肉を切るときも、フォークに刺した肉を口に入れるときも、腰を曲げ、背中を丸め、犬猫のように顔をテーブルすれすれに、食器に近づけて食べるのである。

「監督か、助監か、なぜだれもKに注意してあげなかったのだろう」

帰途の車内で思ったが、寝るときになると、考え直した。

Kの実生活での夫も男優である。彼は映画でもTVでも、今見ると頗《すこぶ》る下品な挙措を、いつもしていた。だが、それが「イカす」ともてはやされていた。そんな時代だったのである。だからKは、昭和二十八年〜三十六年の時代の観客にウケるための演技をしていたのではないかと。

戦中戦後の食糧配給制度が「もう過ぎたこと」になりつつあったこの時代の映画には、食事のシーンがよくある。『婚期』という秀作があり、この作品でも、高峰三枝子ら三人の女優がそろってお茶漬けを食べるシーンがある。高峰以外の二人は、Kと同時代の女優である。

六十五歳以下の人は高峰三枝子について、旧国鉄のフルムーンのCMで温泉に入っていたことばかりおぼえているかもしれないが、戦前からの大スターだ。『婚期』でのお茶漬けのシーンでは、彼女の箸づかいだけが、他の二女優、つまりKたちの時代の女優とは、雲泥の差だった。たいへんきれいだった。

しかし、「食べ方がきれい」というような要素は、夢を売る商売である芸能人にとっても、恋人ならびに配偶者にとっても、今やなんら長所ではないのかもしれない。

## 3

チェーン定食屋の某店舗で、母娘二人連れと、相席に近い形になった。娘さんは△△学園の高等部二年だ。席は醤油とナプキン容器の仕切りだけなので、会話がよく聞こえてしまった。

△△学園が、東大合格者の多いことで有名な、名門と言われる私立女子学校であることを、子供のいない私は二人の会話で知った。

ママさんのスーツと、娘さんのバッグが、シャネルであることも、二人がそうしゃべっているから知った。それらの値段が、ものすごく高額であることも。

二人は夏休みにロンドンに行くそうだ。「イギリスの方に日本文化に親しんでもらう会」に出席するのだそうだ。

名門私立の娘さんは十七歳の若さだが、よほど疲れていたのか、足を組んでいる。ママさんとしゃべりながら体を動かすので、組んだ足が常に私にぶつかる。箸はバッテン持ちならまだしも、カナヅチを使うときのように二本をまとめて一本にして握っている。「どういう指の動きで食物を挟んでいるの？」と物理的興味がわくほどの握り箸である。思わず観察していると、まとめた一本で、唐揚げを突き刺して口に入れ、ごはんは、食器の縁を下唇に密着させてかきこむのだった。

過ぎた時代に、私は思いを馳せた。△△学園が目指す東大の、かつての学園祭で、かの橋本治が作った、

『とめてくれるな　おっかさん　背中のいちょうが泣いている
　男東大（とうだい）どこへ行く』

というポスターが一世を風靡した。
定食屋にはチコちゃんもいないし、慶子先生もいない。私は心の中でつぶやいた。

『とめてやれよ　おっかさん　手元のシャネルが泣いている
　その箸どうだい　どこへ行く』

つぶやいて、ママさんのほうへ視線を移したら、とめるのは不可能なことがわかった。ママさんが同じ持ち方なのだ。二人はそろって肘をテーブルにつき、そろって口を、すけそう鱈のみぞれあん定食の平皿に近づけていた。
頼む。どうかロンドンでの会の時だけでも、高峰三枝子の所作に倣《なら》ってくれ。心中で祈

った。

橋本治のポスターが一世を風靡した時代に学生だった人は、全共闘世代とか団塊《だんかい》世代と呼ばれる。

人には「異性の前でかっこつけたい時期」がある。大学生の時分《じぶん》などがそうだ。この時期には、スマートな食べ方をマスターしようとがんばるものだが、全共闘世代は、ちょうどこの時期に、机と椅子でバリケードを作ったり、デモで忙しかったので、「汚くしているることがかっこいい」という価値観になったのだろうか？

すると、自分が（この世代が）親になったときには、この価値観を継承してもらいたく、息子や娘に、汚く見える箸の持ち方、汚い食べ方を教え、教わった団塊ジュニアが、親になると、その息子や娘に、また、よりいっそう進んだ汚い箸の持ち方と食べ方を教える……。

これが安田講堂封鎖事件以降の、わが国の教育方針となった……のでないといいが。

数学のセンスとか、東大に行ける知力とか、オリンピックに出られる運動神経とか、パリコレのモデルになれる容貌とか、こうしたものは、努力では補い切れなかったり、努力はまったく役に立たなかったりする。

しかし、箸の持ち方は、ほんの簡単な努力——努力ともいかない、ただのちょっとした練習で、とても美しくなれる。

またしかし、箸の持ち方が美しくなったところで、なんの得もしないから、気にする人の数はどんどん少なくなり、今日ではゼロにひとしいかもしれない。

『とめてやれない　おっとさん　背中のいちょうは泣くばかり
　日本の礼節　どこへ行く』

ロートルは祈る。たとえゼロにひとしくても、どうかゼロにはなりませんようにと。

初出

＊『dancyu』2015年4月号〜2018年3月号　連載「料理を結婚」より

＊「いい店とは?」(『dancyu』2016年1月号)

＊「ナショナルの炊飯器」(朝日新聞　週末版be コラム「作家の口福」2016年6月4日　「ナショナル炊飯器の『おとし』」)

＊「何が〝いただく〟じゃ!」(朝日新聞　週末版be コラム「作家の口福」2016年6月18日　「『食べる』に何が起こった!?」)

※いずれも大幅に加筆修正し、多くはタイトルも変えました。

## 姫野《ひめの》カオルコ《かおるこ》

作家。1958年滋賀県生まれ。青山学院大学文学部卒業。1990年『ひと呼んでミツコ』でデビュー。『受難』『ツ、イ、ラ、ク』『ハルカ・エイティ』『リアル・シンデレラ』など作品ごとに文体が異なり、男女問わず支持されている。『昭和の犬』で第150回直木賞を受賞。近著は『謎の毒親』『彼女は頭が悪いから』。



何《なに》が「いただく」ぢゃ！

2019年7月29日　第一刷発行

著者　姫野カオルコ

発行者　長坂嘉昭

発行所　株式会社プレジデント社
〒102-8641　東京都千代田区平河町2-16-1
電話　編集03-3237-3720
販売03-3237-3731

編集　藤岡郷子

装丁　中村圭介、樋口万里、野澤香枝（ナカムラグラフ）

制作　佐藤隆司

販売　桂木栄一　高橋徹　川井田美景　森田巌　末吉秀樹

印刷・製本　凸版印刷株式会社





ISBN978-4-8334-5142-0
Printed in Japan